洪英雪 著

你也可以這樣讀

跳脫標準答案，跨領域的文言文素養養成

五南圖書出版公司 印行

推薦序

文言文對學生來說，往往欠缺親和力和學習動力，一切都是只爲了成績。所以，早期的學生看到「人不可以無恥。無恥之恥，無恥矣。」會直覺反應「n.n.v.n.」，因爲考試要考四個「恥」的詞性；看到蘇東坡會直覺想到「蘇軾，字子瞻，號東坡居士。北宋眉州眉山（今四川眉山縣）人……。」還要順便記得跟他一樣活了六十四歲的有哪些人。

國文課背題解、背作者、背注釋、背翻譯，背成索然無味的無用之學，而在考試領導教學的現實下，國文老師似乎也不得不要求學生背，就這樣被貼上「食古不化」的標籤。但命題方式已經改變了呀！照說，國文課應當跟著鬆綁了才是？國文教學在文字、文學、文化的比重間，要怎麼調配才能讓國文課活起來？如果可以給老師一些切角，爲學生搭起閱讀興趣和學習動力的橋梁，是不是國文課會變得不一樣呢？

英雪這本書，挑了十二篇高中國文常見的文人和文本，透過不同的視角，嘗試讓教與學都更貼近現代與生活，提供了很精彩的教學示例。這本書文字輕盈，引導讀者在各種不同的場域思考流轉，不論是教學參考，或是閒暇閱讀，都是值得推薦的一本書。

南一書局公關處處長　黃安志

自序

還是從一個老掉牙的問題說起吧！——有關國文的爭議。

好些年來，高中端國文教材的「文白比例」爭議，一直到大學端「國文課應廢必修，改爲選修」的問題，就像被設定好的鬧鈴，隔段日子便鈴聲大作、嚷嚷辯辯一番。主張降低文言文比例與廢除必修者，其中一個理由是：「現代社會早已用不上文言文，花費那麼多時間學它幹嘛？」、「國文占據太多修課時數、必修資源」。有時，戰場甚至擴大爲整個「文學」，文學無用？有用？依舊是眾聲喧譁。

在這些古文無用、國文該廢的聲浪中，出身中文系的我很是尷尬。好像我花費了大把光陰，去學了一門於世無用的科目；身爲國文老師，簡直要感到抱歉，彷彿我在講臺的賣力演出，終歸只是浪費學生的寶貴青春。

面對國文這些大哉問，即便個人有萬分肯定的定見與立場，也不可能說服所有人爲本題定案；只怕再怎麼大聲疾呼：「文學有大美大用」、「好文不分文、白」，也被視爲是閉鎖於同溫層的抱團取暖。

然而，無妨，這不就是思想自由的可貴與可愛嗎？

那麼，姑且擱置爭議，就只談這本小書吧！

幾年前，爲南一書局高中國文教科書的備課用書，寫作了幾篇「超越觀點」文章，該單元的設計是在文本解讀之外，延伸出超越文本的多元思考，既可作爲教師的授課補充，也可以是派給學生的討論作業。既然是「課後」補充、「多元」思考，不以提供標準答案爲寫作目的，自然就海闊天空、恣縱想像了。就這樣，搜索著連結脈絡，寫著寫著，越發覺著趣味。想說這種似隨意又刻意的跨領域連結，也許能讓閱讀多點樂趣；如果能夠再帶出點因人而異的、些許的實用性就更好了。因而重新調整架構，以說書的方式擴大編寫。

這本從高中教材選文出發的跨領域多元思考讀本，想要帶給讀者/你什麼？

幾座跨界連結的橋梁

這本小書不是針對文言文做形音義的解讀，因此，無法增進讀者對文言文的識讀能力。這本書的寫作初衷，是想嘗試搭幾座橋、銜接幾個端點：

1. 語文能力與思考批判的銜接

國高中國文強調，以文章的精深解讀建立國語文能力，涵養文學與文化素質。由於考試導向，需要詳解補充的語文文化知識太多了，塞爆青少年的小腦袋。本書偏向思考批判與社會參與，以說故事的方式，引導學生說說觀點、醒醒腦。如讀〈桃花源記〉時，除了羨慕這烏托邦的存在，進而設計自己理想中的桃花源之外，可以深究漁人的寡信通報，是否會爲桃花源帶來毀滅性的災害？而這平凡漁人不思考的行爲，與漢娜．鄂蘭所提出的「平庸的邪惡」概念，是不是有八十七分像？讀〈草船借箭〉對比到三國正史改編故事時，會不會擴大聯想到歷史書寫的客觀性問題？並思考歷史寫作涉及哪些因人而異的變項？

2. 華文文學與世界的銜接

本書不僅是國文篇章的延伸閱讀，更是跨時代、跨國、跨領域等，亂七八糟跨的胡思亂想、思考延伸、知識連結。如從〈項脊軒志〉的書房故事連結空間理論，再飛越到位於荷蘭的安妮的密室，認識猶太那一段痛史。從遠古的〈大同與小康〉一舉跨越到未來世界，了解未來世界的可能走向，先驅者或許可以在元宇宙搶占先機。從張李德和「琳瑯山閣主人」的稱號，及其〈畫菊自序〉一文，連結到英國作家維吉尼亞．吳爾芙，深化性別議題，讀一讀女權經典《自己的房間》，看看西方的女性，是否也受縛於性別不平等的框架。

3. 文學與生命的銜接

不論古今中外，寫作者是人，文學所處理的也總是人世。扣除時代與體制的差異外，人的成長經歷總有共通性，人性更有普同之處。如讀〈鴻門宴〉時，從兩位王者的表現，理解爭戰致勝的要素。兵法說：「知己知彼，百戰不殆。」當代心理諮商則教你從「冰山理論」分析兩人心識底層，幫助你更全面地理解朋友與對手，成爲溝通與談判能手。再如你是否有過「人生好難、不想努力了」的念頭？那就先看看陶淵明，他會告訴你躺平所要付出的代價。積極一點的話，還可以從劉姥姥的經歷跨越到商業領域，現在就開始學理財，往致富的道路走。可以說，文學，訴說了「人」的所有，所有生命的難題都可以在文學裡找到答案。

這麼漫遊串聯的目標是什麼？讓閱讀變得好玩、讓思考廣攬深掘、讓書本知識活化成處世的智慧。思考的開展、知識的連結、應世的智慧，便是這幾座橋梁所嘗試達成的。

走過上面幾座橋之後，希望你可以發現：

文學不古，文學的核心議題就是人，書寫人所遇到的種種生命課題，古今中外都差不多。

文學不遠，文學一直都在你看得到、摸得著的地方，與你並存著。

文學不廢，經由上面兩個論點，你是否也可以小小認同一下——文學沒那麼廢啦！

當老師講完〈桃花源記〉、〈師說〉、〈赤壁賦〉之後，在課程間下課的十分鐘，以想像搭橋，理解人的處境與思考生命的議題；更更更重要的，從古人、古文開展到華文世界之外，拓寬知識廣度，寫作文時，便可以多一些言之有物的內容可以談，或許可以解救一些總在稿紙上被賜死的阿公、阿嬤、貓咪、狗兒。

自由思考，纏織知識網絡

這本小書其實呈現的是自由想像的文學閱讀歷程，帶點私密性質。

寫作尚未完成，國文鬧鈴又響了，又有議題炸鍋了——是否該「一字不漏背注釋」開戰了。往日文壇曾經發生多場文學論戰，討論的是文學該怎麼寫？該爲誰而寫？甚或臺灣文學的定位等等。而今日古文注釋這個話題，戰的則是該怎麼學古文？該怎麼考古文？最終牽涉到該怎麼批改注釋？

支持方認爲，一字不漏背注釋是要求絕對的準確，不容意義雷同的替換詞語，以精準的理解、建構堅固的古文基礎；就考試的需求來說，正確答案只有一個，批閱上絕對公平之外，也免除了爭論的空間。

也許我們做個切割／提醒——形音義需要標準答案，文學閱讀以及思考則另當別論。當代作家勞倫斯・卜洛克曾說：「小說有八百萬種寫法。」同理，一篇文章也應當有八百萬種讀法、引起八百萬種思緒。也就是說，閱讀以及思考，有其普世共鳴之處，也有私人感觸的獨特性。文本是獨立的，思想是自由的。讓我泫然落淚的故事，也許在你看來無聊至極；引發我深思生命的文章，也許你覺得膚淺幼稚。如同朱自清的〈背影〉，有人因為那黑布馬褂、蹣跚攀爬月臺的背影而感覺父愛；也有人終究只記得那袋朱紅黃澄的橘子。更有甚者，北宋詞人柳永「衣帶漸寬終不悔，為伊消得人憔悴」的纏綿情愁，王國維可以引來詮釋成大事業、大學問的過程中，全力拚搏、無悔無怨的階段。相思情愁與事業拚搏，有點反差萌呢！

本書便是一本跳脫標準答案框架、跨領域思考的私人閱讀歷程。

從十二篇古文／古人出發，連結十二個知識概念，拋磚引玉地「玩」一種自由思考讀書法。就像蜘蛛網般，展開書單、連結知識，運用專屬於你自己、獨特的思考將古文開展。別再將古文禁錮在與你無關的遠古洪荒，乾枯枯又苦哈哈地啃著、背著、恨著。腦袋多開幾個窗洞，把它引流到與你有關的地方，在知識墳鴨的土壤上灑下思考的種子，中西串聯、古今亂鬥，纏織成密密的閱讀網絡。真的，你會發現——古文不古，古文可用。不僅可以帶你透視生命，還可以航行世界。

目錄

〈畫菊自序〉

——擁有自己房間的女人

【思考引導】文人總喜歡取筆名、擬別號，你有沒有注意張李德和的號有何特色？

【古文超連結】

張李德和（一八九三—一九七二），一生經歷三個統治政權，是一個「詩、詞、書、畫、琴、棋、絲繡」七技兼絕的才女，也是一個擁有自己房間的女人。

一、七絕才女養成記

講到七絕才女李德和，不得不先歌頌一下德和小姐原生家庭，先進開明、獨步當代的教育觀念。

李小姐　德和

李德和生長的年代還是重男輕女、「女子無才便是德」的晚清朝代，然而，李家一門卻不爲此傳統教諭所拘限，而是給了李德和全方位的藝才教養。

七絕才女的養成歷程約略是這樣：由父親李昭元親授漢學、於表姑媽的「活源書房」就學、在表姑父的教導下學得琴棋書畫。十一歲，進入公學校展開日本新式教育，一直到臺灣總督府國語學校畢業。中、日政權的移轉，反倒給了李德和新、舊兼具的全人教育。更酷的是，李家祖母鼓勵子孫無論男女皆得學習武術，因此，德和小姐應當可以再加個「文武雙全」的頭銜了。國語學校畢業之後（大約十八歲），先後於斗六、西螺等地擔任教職。不論是晚清還是民初，當多數女子還是深居閨閣，以培養女德、待嫁良人爲生命目標時，德和小姐已經獲得教職，具備自立與謀生能力了。即便如此，婚姻，在當時仍然被視爲是女子最爲要緊的終身歸宿。一九一二年，雲林望族與嘉義名門締結姻親，二十歲的德和小姐嫁給二十三歲的張錦燦醫生爲妻，成爲張家媳婦張李德和。

張太太 德和

張愛玲曾經說過，她最恨的事是：「有天才的女人太早結婚。」是的，成爲「張李德和」、「先生娘」的才女，婚後不免受到一些些約束。她辭去教職、協助丈夫處理醫院瑣務、開辦助產士講習所，以輔助先生事業爲生活重心。公公甚至還公開寫詩「提醒」她：「只恐未嫻烹飪事，調羹要囑似姑嚐」，就是要她別只關注自己才學發展，煮飯、照顧家庭才是身爲妻子、媳婦的正經事兒啦！

令人佩服的是，育有七女二子的張李德和，在完成人媳、人妻、人母的職責之後，仍保有浸淫藝術、揮灑才能的餘裕，寫詩、作畫等興趣，一樣也沒落下。她籌組詩社、畫會、書道會、愛蘭會，甚至與丈夫張錦燦改建舊居，增設「逸園」、「題襟亭」、「琳瑯山閣」等空間，此後，騷人墨客、名流雅士匯集張家，不啻爲東方的文藝沙龍。中年後，更往公共事務發展，任救濟院董事、參選議員、協辦創立家政學校、推廣女權。儘管政權更迭，張家、李家仍舊政通人和、少有波瀾。這位生於晚清，長於日治、國民政府時代的女性，眞可列入人生勝利組了。

介紹完張李德和的生命簡歷之後，提個小問題：

張李德和有哪些自號？

再者，這些自號有何特色？

擁有自己房間的女人

張李德和自號「羅山女史」、「琳瑯山閣主人」、「題襟亭主人」、「逸園主人」。四個別號裡，就有三個號宣示自己是某某空間主人，這空間還不僅是一個小小的房間，而是更為寬闊的庭園樓閣啊！這對於舊社會的已婚女性來說簡直是霸氣沖天。在該年代，男女地位尚屬懸殊，女子即便不至於「以夫為天」，也總被認為是丈夫的附屬，而張李德和竟然可以甩開一家之主的丈夫而宣稱自己為「琳瑯山閣主人」、「題襟亭主人」、「逸園主人」，這稱號、這思維，讓人不由得聯想起地球另一端，一位疾呼女性必須擁有「自己的房間」的名女人——維吉尼亞．吳爾芙（英國小說家與文學評論家）。

二、女權啟蒙自學記

「吳爾芙」（一八八二—一九四一），是大眾對這位女子的習慣稱謂，其實這是婚後才冠上的夫姓。

這位「骨架輪廓帶著一種嚴峻的知性美，深刻的眼簾下是一雙愁思的眼睛」[1]的美麗才女，她本姓「史蒂芬」，名字爲「維吉尼亞」。

史蒂芬小姐

姑且先以閨名維吉尼亞稱呼婚前的她吧！維吉尼亞原生家庭算是富裕，父親萊斯里・史蒂芬爵士（Leslie Stephen）曾任神職、記者，是知名編輯也是作家；母親茱莉亞・傑克森（Julia Jackson）家族也出過不少藝界名流。照理說，維吉尼亞應當像張李德和一樣，在家族資源的培育下成才才是。事實不然，史蒂芬家八個孩子，只有男孩接受正規體制的教育，甚至就讀了頂尖學府劍橋大學；而女兒們只能在家裡由母親教導或者自學，這種差別待遇使維吉尼亞憤憤難平。幸好，學養豐富的父親有座大書庫，那書庫便成了維吉尼亞自學求知的寶山。

埋在維吉尼亞心底的憂憤不止於此。她幼年曾受同母異父哥哥的性騷擾；十三歲喪母導致她精神崩潰；十五歲喪姊；二十二歲父親去世時，她二度精神崩潰並首次企圖自殺。自此之後，憂鬱症成爲維吉尼亞終身的折磨，康復、復發，循環反覆。

1 羅撒蒙・勒曼對吳爾芙的描述。引自《吳爾芙》一書封面文字。約翰・雷門著，余光照譯（臺北市，貓頭鷹出版，二〇〇〇年）。

吳爾芙太太

三十歲，維吉尼亞與對她一見鍾情的倫納德．吳爾芙（Leonard Woolf）結婚，從此便冠以「吳爾芙」爲名。吳爾芙夫妻感情甚篤，並共同創立「霍加斯出版社」。投入創作並且擁有自己的印刷、出版社，使吳爾芙創作更自由、無所顧忌；四十歲時與女詩人維塔（Vita Sackville-West）有過短暫戀情；四十六歲，受邀至劍橋大學女子學院演講「婦女與小說」，日後整理講稿集成《自己的房間》。

一九四一年三月二十八日，吳爾芙精神狀況惡化，寫了一封遺書給丈夫，內容大約是這樣：

我最親愛的，我覺得我又要發瘋了。我想我們無法再一次經歷那種可怕的事了。我確信這次我不可能康復。我總是聽到奇怪的聲音、無法集中精神。所以我必須做我認爲最好的事情。你給我的幸福無人能及。……我沒有力氣再戰鬥了；我不想再弄亂你的生活，沒有我你能過得更好……。

留下遺書，吳爾芙走向住家附近的河流，同時撿拾石頭塞滿口袋，自沉河流結束生命；大半個月過後，遺體才被尋獲。享年五十九歲。

吳爾芙與《自己的房間》

也許是無法接受正規教育的忿怨，讓吳爾芙格外關注女性的社會處境。她於學院演講時，拋出一個發人省思的議題：

> 女人若要走創作之路，必須要擁有一點錢和一間屬於自己的房間。經濟獨立讓女性不需仰人鼻息，擁有自己的房間才能不受打擾、專注創作。

在《自己的房間》這本書裡，吳爾芙先虛擬一段彷彿眞有其事的小故事：

> 某日，「我」，因爲沉浸思索，一時忘情走上了「牛橋大學」的草坪，遭到一位身穿禮服襯衫的男子激動攔阻：
>
> （那男子）一身長禮服，晚禮服襯衫，直接衝著我過來。臉上的表情驚恐，氣憤。……我，是女人。這裡，是草坪，步道，在那裡。只有院士和學者才有資格踩草坪，我該待的地方，是那碎石子步道。[2]

2 《自己的房間》P.22。

經此一喝，「我」腦海中思考、靈感的小魚，也受驚逃跑、無影無蹤了。「我」試圖接續思考，一路走到圖書館，手一推門，又遭到阻擋；館員說：女子必須持有介紹信或者有研究員陪同才能進入圖書館……，「我」終究被拒於門外。

吳爾芙以這個小故事，陳述了女性被排除於學院之外的不公平狀況。

莎士比亞的妹妹

更有趣的是，吳爾芙再將年代推往十六世紀，虛構一個人物——「莎士比亞的妹妹」，以此更戲劇性地控訴女性才華難以發揮的處境。故事是這樣的：

莎士比亞有一個同具創作才能的親妹妹——茱蒂絲。當莎士比亞上學、放浪、外出闖蕩打拚成就之時，同樣對語詞音律具有敏銳天賦的茱蒂絲，卻只能在家裡補補衣襪、燉煮餐食。她偶爾翻讀幾頁哥哥的書、偶爾在閣樓偷偷地寫幾頁文稿，但寫完需得小心藏好或者燒掉。

維吉尼亞 吳爾芙
女人要創作，一定要有自己的房間。

茱蒂絲未滿十七歲就要被許配給鄰人為妻。她若拒婚，父親會先施以一頓毒打，再哀請她保護家族顏面順從出嫁。

茱蒂絲決定逃家，結繩跳窗，前往倫敦從事戲劇小說工作。勇敢闖蕩職場的茱蒂絲，結局會是如何呢？她會遭到訕笑與拒絕，也許是太單純也許是為了生存，她會接受某位演員或經理的同情照顧，最終，懷著他的孩子，抑鬱、焦灼、自殺。死後會被草草葬在某個十字路口。

> 回頭看一下我編的莎士比亞妹妹的故事，叫人覺得生在十六世紀的女人要是擁有極高的天賦，不是會發瘋就是會自殺，要不就孤獨一人終老於村子外小茅屋，半魔，半仙，備受世人懼怕、訕笑。[3]

這就是吳爾芙，以演講及小說創作，道出女性人權與才華如何受到抑制，創意比喻中充滿省思，幽默中帶著嘲諷，虛構的故事也能引起女性的慨嘆與恐懼。吳爾芙就此成了西方女權運動的先驅。十六世紀的才女注定出不了頭，生長於十九、二十世紀的吳爾芙與張李德和當然沒那麼悲慘，但也絕非毫無桎梏。吳爾芙不就是只能望著兄長們徜徉在劍橋大學的身影，而羨慕、嫉妒、恨嗎？

3 同上，頁108。

再回頭看看張李德和，她在那篇以駢儷句式寫成的〈畫菊自序〉中，先以「人爲萬物之靈，志有萬端之異」開場，說明人各有志、才各有長，後文再刻意舉李白詩藝與蔡琰樂曲、陶淵明愛菊與管夫人畫竹、男女並列爲例，暗示女子亦有才學，亦該擁有發揮才學的權利。然而，身爲女子的「她」，還是得向世人殷殷交代，自己是利用「停機教子之餘，調藥助夫之暇」（完成家務與教育子女之後的空檔，協助丈夫事業後的閒暇）才揮墨自娛。因爲，女人先得是妻子、母親，然後才能是自己。「賢妻」、「良母」總被期許成女性首要的生命價值。

三、後壁村俗女遁逃計

吳爾芙與張李德和年代相仿，分屬東、西方兩個世界，生命自然沒有交集，然而，她們的生命故事卻共同映照出該時代女性所遭受的束縛與女權演進。

吳爾芙只比張李德和年長十一歲，巧的是，她倆都在一九一二年結婚，都創立詩、文刊物，都籌組文藝沙龍，也都擁有自己的房子。當張李德和霸氣地稱自己爲「琳瑯山閣主人」、「逸園主人」時，與丈夫合營出版社的吳爾芙，更是豪氣地宣稱：「我是英國唯一一個想寫什麼就寫什麼的女人！」這氣場直逼英國女王了啊！

說到底，兩位都是幸運的能夠自我實現的女性。這不禁讓我再聯想到另一個女人——前陣子火紅的臺南菁寮後壁村俗女——陳嘉玲——的阿嬤。（江鵝原著、翻拍成同名電視劇《俗女養成記》）

從李月英到先生娘

與張李德和一樣，陳嘉玲的阿嬤（楊麗音飾）也具有人人稱羨的「先生娘」身分。誰知，衣食無憂、看似性格開朗的她，也有深藏心底、不爲人知的鬱卒。

嘉玲阿嬤熱衷於參加歌唱比賽，即便歌藝普普，卻總是興致勃勃。她在音調飄移的歌聲中唱出「查某人也有自己的願望」的歌詞，那便是她唱給自己聽的純情青春夢。

某夜，睡前，阿嬤與大齡孫女陳嘉玲躺在床上閒聊時說道：結婚後，大家都稱呼她「先生娘」、「某太太」、「某人媽媽」，已經很少人以本名叫喚她，好像她沒有名字一樣。她希望自己死的時候，墓碑上刻的是自己「李月英」的名字。

自從出嫁之後，爲妻、爲母、爲嬤的生活讓她疲累不堪，於是，一逮到機會，這位先生娘不顧先生的離婚威脅獨自離家，前往朋友的房子短期獨居。在那個「借來的」房子裡，終於不用配合任何人做自己喜歡的事；烹煮符合自己口味、偏酸的番茄炒蛋；迎風品茶、發呆、掃落葉，完全爲自己而活。

那幾日短暫逃離、返回自己的時光，猶如塡充血條一般，生命值滿格的她，才又歡喜甘願地回到夫家繼續「妻子」、「母親」、「阿嬤」的角色。

無處降落的自我

沒有事業、沒有發展個人興趣的人生，使嘉玲阿嬤比張李德和、比吳爾芙更要失落，一種蝕刻進骨子裡的孤寂、自我無處降落的悽惶。因此，她終究要逃離，終究想要「只是自己」。

最後，當她百年離世時，孫女陳嘉玲爲實現阿嬤「自由自在」的遺願，在葬禮過程中，從阿爸手裡奪下骨灰罈，不顧一眾親戚在後面追趕怒罵，以百米衝刺速度向海岸狂奔，準備讓擺脫鈍重肉身已化爲灰燼的阿嬤，輕靈地飛向天際。

誰知，一打開骨灰罈，發現甕裡竟是一根一根的骨頭……。呃……要當成棒棍或鉛球投擲嗎？那畫面會不會有點無厘頭又有點搞笑？好吧！一根一根的骨頭儘管無法飄颻藍天，至少還可以隨浪漂流到世界盡頭，阿嬤最終是擺脫了進入陳家墓穴、祠堂的安排。生前沒有自己的房間，死後終於得以徜徉在更爲遼闊的天地屋宇。

對了，還沒有告訴你，同樣是「先生娘」，嘉玲阿嬤和張李德和先生的診所都在菁寮後壁村呢！[4]有沒有這麼巧啊！

【佳句詞庫】

人爲萬物之靈，志有萬端之異：人類是萬物中最具靈性的，每個人的志向、專長也有萬般差異。每個人都有專屬的長才與志向，頗有「天生我才必有用」的勵志意味，挺適合用來作爲論述的起手式。

【跨域閱讀】

1. 維吉尼亞・吳爾芙著，宋偉航譯：《自己的房間》（臺北市：漫遊者文化出版，二〇一七年）。
2. 江鵝：《俗女養成記》（臺北：大塊文化，二〇二一年）。
3. 電視劇「俗女養成記」；導演：嚴藝文、陳長綸。

---

4 張錦燦的「諸峰醫院」，最初開設於臺南市後壁區菁寮，主治婦產科。一九二一年搬回嘉義。

【換你想一想】

你覺得當今社會，男女是否平等？你是否好奇兩性地位的演變軌跡？從認識你家裡的親屬開始吧！

請你訪問家族裡三代長輩，了解祖父母、父母親的時代裡，兩性在職場以及家庭，各自有哪些性別不公、責任重擔，與現今大不相同之處？進而結合自己所處世代的環境，拉出近代兩性地位的變遷軌跡。

【知識連結網】編織知識連結網，訓練思考、增強國寫力。

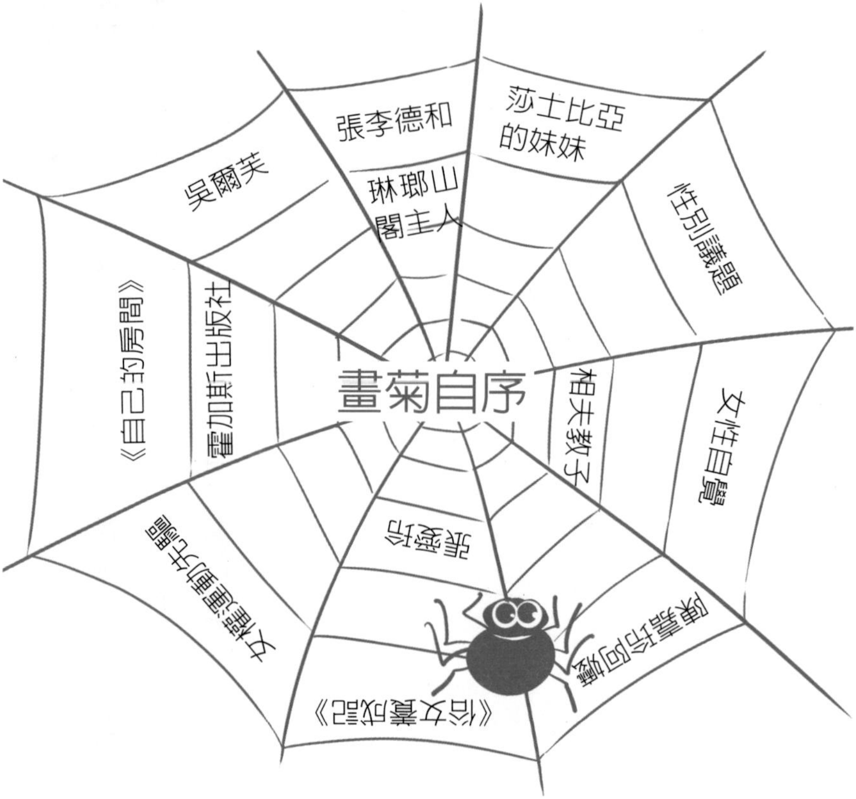

〈項脊軒志〉——老房子有話要說

【思考引導】房子，除了遮風避雨、居住之外，還能有什麼功能？

【古文超連結】

你相信姓名學嗎？一個祥瑞吉兆的名字，眞的能帶來光明順遂的人生嗎？

一、有帝王出生傳說，卻沒有帝王命的歸有光

歸有光之所以取名「有光」，可不是隨便說說的。

根據〈歸有光墓誌銘〉記載，歸母十八歲懷孕時，數次見到虹光從庭院升起，且光芒萬丈直衝天際。歸家將此視爲祥瑞徵兆，同時也直白地、炫耀般地，將腹中孩兒取名「有光」。這簡直與古代流傳的帝王出生神話同出一系。宋朝開國之君趙匡胤之母，也曾夢見太陽鑽入腹中，趙匡胤出生時遍體金色、紅光滿屋；宋理宗、明太祖朱元璋以及清世祖順治，也都有類似的光芒晃耀、異香滿室的出生異相記載。照這邏輯看來，歸有光就算不是帝王之命，也該有宰輔高官的權位啊！

神話都是騙人的

果然，神話都是騙人的！歸有光是一個値得你爲他蹙個眉、嘆一聲的歹命讀書人。

先從歸有光的家庭說起吧！他出生於書香世家，但是已家道衰敗；他父族人丁頗旺，但感情不和睦，伯叔親族早早分家，在大院落砌牆分隔、畫地爲限。他八歲喪母，十八歲時父親以及祖母相繼去世。他有

過三任妻子，因爲前兩任妻子的壽命都不長。他有幾個兒女，但三個兒女早他而亡。在家庭關係裡，與歸有光情誼深厚者，似乎都命不長久。身爲兒孫，歸有光操辦年長父親、祖母的喪儀，理屬常情，然而，身爲丈夫、父親，歸有光不僅遭受兩次失去摯愛妻子的苦，還承受三次白髮人送黑髮人的哀痛。

出生時的那一道光，是歸有光仕途的探路燈嗎？

歸有光九歲能寫文章、二十歲通曉經史古文，於鄉里小有名氣，理應前程坦亮才是。然而，歸有光卻是考運壞到爆的人，鄉試連續五次落第，三十五歲才中舉；會試結果更慘，連八次落榜，考到第九次才金榜題名，那時都已經六十高齡了。可以說，歸有光的一生，不是在考試就是在準備考試的階段中度過。

他中舉之後，派任長興知縣。這偏鄉七品官對他來說已算是大材小用了，沒想到竟然還遭受排擠誣陷。雖然，歸有光官職最後還是有稍稍擢升一點點，也參與了《世宗實錄》纂修，但才一年時間便病逝，結束六十六歲的人生。

母孕祥兆的那一道光，到底映照在哪裡呢？

連續八次落第會讓你懷疑歸有光的才學嗎？相信你懂，考試只是一時，一紙試卷也未必能鑑定學問，眞才實學要由日常與時間來見證。

歸有光除了每屆應考之外，其餘時間致力於講學論道，四方學子慕名而來，弟子滿門，可說是以眞才實學扭轉了他不第的挫敗。連連落榜並沒有折損歸有光的自信與耿介，當時，鋒頭最健的「前後七子」，開創了摹擬秦漢古文的潮流，文學理念不同的歸有光則推崇唐宋古文，開闢出「唐宋派」的文學支派。

身爲落第又未仕的鄉間窮書生，他甚至放言批判當時的刑部尙書、文壇盟主王世貞是狂妄平庸之輩，刑部尙書與布衣書生因此在文學修爲上形成平等的抗衡關係。最後，這位被歸有光罵爲「妄庸鉅子」的王世貞，在歸有光去逝之後，給了他「千年一遇、承繼韓愈、歐陽修道統」的最高評價。

歸有光過世約兩百五十年之後（清道光年間），江蘇巡撫於歸氏舊址興建了「震川學院」以紀念；至今，我們也還讀著歸有光的〈項脊軒志〉、〈先妣事略〉等文。那一道光，光耀的是他身後的靑史之名吧！

二、歸有光與項脊軒的親密關係

歸有光的散文，疏淡自然富含眞摯的情意，翻譯成大白話，即不濫情、不灑狗血，卻後勁無窮。歸有光回憶故人，習慣將抽象的情感寄託於具象的空間，從他眼裡望去，似乎每個地方都是平行時空，抽去時間之流，所有人物儼然凝固永存於曾經活動過的空間，因而人物與空間融合成一體，空間成爲生命故事的載體。

空間承載著記憶

先來看看〈項脊軒志〉，這是一篇以書房為名、從書房出發的生命紀事。文章開頭便說這是一間一丈大小、僅容一人活動的百年老屋。原本屋況極差「塵泥滲漉，雨澤下注」、「日過午已昏」（牆壁泥土剝落、屋頂漏水、過午即昏暗無光），經歸有光動手補土堵漏、鑿窗引光，再於屋外種植蘭花、桂花、綠竹，最終成為風吹枝搖、月映樹影、鳥兒棲息的清幽小屋。

接著再談到叔伯分家後，「內外多置小門、牆往往而是」（增建許多分隔空間的門牆）、「東犬西吠」暗示了叔伯親屬不甚和睦的家族關係。祖母、母親於屋內的生活瑣事、噓寒問暖，則是歸有光的溫馨記憶。十餘年後，再補記妻子當年親手種植的枇杷樹已亭亭如蓋，驟然收文情感內斂，文義看似未完，卻迴盪著無窮餘韻。清朝梅曾亮評為「藉一閣以記三代之遺跡」——以一間小小書閣記錄了祖孫三代的過往故事。

歸有光另一篇以空間記事的文章是悼念早逝長子歸子孝的〈思子亭記〉。歸子孝因病去世之後，歸有光回到與他居住過的江邊，觸目的景物都是歸子孝穿梭其中的身影。最後，這悲痛的父親在該地蓋了一座「思子亭」，流連迴亭，望天憶念，祈願有日能見到兒子從雲煙窅靄中歸來。

歸有光這兩篇文章告訴我們，空間，不僅僅是可拆遷或建構的僵硬建築，更是人們保存記憶的載體。此外，學者畢恆達更提醒我們：空間並不是價值中立的存在，空間更能夠呈現的是權力關係。

空間展示著權力

以歸有光的書房項脊軒爲例，並不富裕的歸家，仍要闢出一個獨立空間作爲男子書房，即便這書房僅足一人容身。這專屬於男性、知識分子的私人空間，呈現的是性別尊卑、金榜題名的家族期待，以及仕進的科舉文化。還記得吳爾芙爭取女性擁有「自己的房間」的訴求嗎？地位低微、沒有上學資格的女性，連擁有自己的房間都是奢求，何況是臥室之外的個人書房。

空間，在規畫用途與室內設計之初，便已混雜著權力關係。在人爲使用過後，因人物於其中的活動，使該空間充滿記憶與故事，進而成爲生命的展場。這生命展場小至個人經驗，如歸有光眼裡的項脊軒、思子亭如是；大至可因使用者之名聲而晉升爲公開的故居觀光地、紀念館。（別忘了，清人興建的「震川學堂」便是憶念歸有光的生命展場。）

世界各地充斥著名人故居、名人紀念館，如瑞士首都伯恩

有愛因斯坦故居；紹興、上海、北京皆有魯迅故居；新竹五峰除了有三毛「夢屋」，也有張學良軟禁生涯的展示場。不論是展示故居還是建設觀光紀念館，除了緬懷該人物的生命榮光之外，更可以是一種省思戒惕的歷史借鏡。

沿著這樣的思考軸線，讓我們來認識另一個很沉重的「小空間大歷史」的生命故事。

三、小密室，大屠殺

如果你到荷蘭旅行，行經首都阿姆斯特丹，沿著王子運河遊河或散步，你會看到運河邊有一間門口排滿人龍的普通寓所，那是一個從房間開始，也從房間結束的悲傷故事。那間房間藏著八個人的避難記憶，一個少女的青春速寫、一段殘酷的歷史暴力。

阿姆斯特丹．王子運河263號

一九三三年，納粹黨掌控德國政權，總理希特勒陸續頒布抵制猶太人的法令，最終發展成種族清洗，猶太人面臨全面性的屠殺。

奧圖．法蘭克，一位出生於德國的猶太人。事業有成，育有兩女，為躲避納粹迫害舉家遷居荷蘭。一九四二年，長女瑪歌收到勞改營的徵召令；隔日，法蘭克一家進入籌備多時的密室躲藏，由幾位知情的員工兼朋友接應供需。不久，范·佩爾斯一家與牙醫富利茲·菲佛也躲進密室。密室位於王子運河263號，是奧圖經營的果膠公司後方所闢建出來的隱祕空間。

奧圖一家四口搬進密室的那一天，盡量低調不引人注意，每個人像是要去冰庫過夜似的往身上套上一層又一層的衣服，只為了能多帶走一些衣服。而奧圖的小女兒，十三歲的安妮·法蘭克，在這匆忙離家之際，除了衣服還塞了什麼在隨身的包包呢？捲髮夾、梳子、手帕、課本，以及一本日記。這本封面有紅、白相間格紋的日記，是安妮十三歲的生日禮物，也是安妮密室歲月的密友。安妮將密室生活細節與私密心事，全都向這位密友傾吐。如今，這本記錄了安妮兩年密室生活的日記紅遍世界，也成為猶太人受難的象徵物。

安妮日記裡的祕密

從安妮的日記裡，我們認識了這個有點傲嬌、叛逆、中二；心思敏銳、有才氣的女孩。

安妮對母親有著諸多不滿，抱怨自己總被當成小丑、搗蛋鬼。她記錄了密室成員之間的衝突爭吵，長期窒居與怕被逮捕的壓力，讓大家忘了怎麼笑；他們時時關注著密室外的戰況，以及猶太朋友的遭遇，偶爾放鬆地如常生活，偶爾心驚膽顫地擔心下一秒即將被逮捕。心情總在欣喜與恐懼、希望與絕望之間起伏跌宕。一九四三年五月二日的日記這樣寫著：

如果思考這裡的生活，我通常的結論是：比起沒有躲起來的猶太人，我們住在天堂中。不過，等到一切恢復正常時，我大概會覺得奇怪，我們一向過得那麼舒服，居然會淪落到這種地步。我是指生活方式。[1]

怎樣的生活方式呢？無法清理乾淨的餐桌油布、滿是破洞的抹布、終年無法換洗的床單，「爸爸穿著起毛球的長褲走來走去」、「媽媽的束腹今天裂開了，無法再補了」、「媽媽和瑪歌整個冬天合穿三件內衣」。

也許是巨大的苦悶增長了青春躁動，安妮與密室成員之一、十七歲的彼得偷偷談了場戀愛，體驗了初吻。她幻想離開密室後的人生，要去購物、騎自行車、跳舞、吹口哨；要看看世界，要體驗年輕、體驗自由自在；要當記者、成爲作家、寫出偉大的作品；要以此日記爲基礎，寫作一本叫《密室》的書。同時又憂慮那是空中樓閣、永遠不會成眞的奢望。她說自己像是「折翼的鳥鳴，不停用身子碰撞漆黑鳥籠的柵欄。內心有個聲音大喊：『放我出去！我要到有新鮮空氣與歡笑的地方！』」[2]

安妮矛盾煎熬，一次又一次問自己：「我們如果沒有躲起來，如果我們現在死了，就不必經歷這些痛

1 《安妮日記》，P.96。
2 《安妮日記》，P.162。

苦，尤其是不必給他人造成這麼多麻煩。」求生慾望終究讓她擁抱希望：「我們仍然熱愛生命，我們還沒忘記大自然的聲音，我們持續期盼，期盼……一切。」[3]安妮渴望乾脆的結局快點到來，不管自己將成爲勝利者還是被征服者。

一九四四年八月一日，安妮又一次在日記裡寫下自己雙重性格的矛盾，以及沒人了解自己的哀怨。那一天的安妮不會料到，那是她的最後一篇日記——她日日期盼密室外的人生，竟是通往人間煉獄的集中營。

八月四日，納粹警察闖進密室，所有人被拆開送往不同的集中營。一九四五年三月，安妮姊妹陸續死於斑疹傷寒，密室八人僅有安妮的父親奧圖一人倖存。

永恆的安妮之家

兩年，八人躲在這不見天日的密室裡足足兩年。

密室曝光之後，掩護他們的友人冒險回到密室，發現並保存了安妮的日記，直到戰後，再將日記交予倖存的奧圖。奧圖在得知妻子與女兒的死訊之後才打開日記，於悲痛中重新認識女兒的內心，並且得知安妮成爲作家的生命夢想。

---

3 《安妮日記》，P.314。

安妮。法蘭克
離開密室後，我想要騎自行車、想要跳舞、想要成為作家……。

安妮。法蘭克

荷蘭 阿姆斯特丹 王子運河邊
安妮之家

一九四七年，奧圖將安妮的日記付梓出版。日記一出版，連帶引發讀者對密室的好奇。一九五五年，王子運河邊一整排房子面臨老屋拆建計畫，荷蘭媒體《自由人》刊登聲明：「如果這棟房子拆除，全荷蘭將會蒙羞。」一九五七年，奧圖等人成立「安妮．法蘭克基金會」，以收回並保存密室為主要目的。一九六〇年，這間位於王子運河263號的密室，以「安妮之家」為名正式對外開放。至今，每年參觀人數約有百萬人。

而水泥瓦牆的房子能夠訴說什麼？如同安妮之家的館長漢斯．威斯特拉所說：

> 一般人通常知道大屠殺的事實與數據，但走進屋子，一切才變得非常眞實，他們明白了與你我一樣的老百姓活在恐懼之中並且遇難，不公不義的事實擺在眼前。[4]

「安妮之家」銘刻的不僅是安妮的青春、八位躲藏者的不公遭遇，更是猶太種族清洗的歷史暴力。有故事的房子，只要靜靜地矗立，便能響起憶之念之、戒之愼之的轟隆回音。

4　本段有關安妮之家的資訊，以及漢斯．威斯特拉的話語，皆參考自克萊兒．嘉納〈安妮．法蘭克的遺產〉，《安妮日記》，P.347。

【佳句詞庫】

借書滿架，偃仰嘯歌，冥然兀坐，萬籟有聲：書架上擺滿了書，有時仰頭高聲吟唱，有時又寂然靜坐，感受自然萬物之聲。徜徉於書房內讀書、吟唱或靜坐冥想，以悠然自適的生活，襯出寡欲無爭的品行。與陶淵明「少學琴書，偶愛閒靜，開卷有得，便欣然忘食。見樹木交蔭，時鳥變聲，亦復歡然有喜。……北窗下臥，遇涼風暫至，自謂是羲皇上人。」那種享受讀書意趣的情境雷同。

【跨域閱讀】

1. 安妮．法蘭克（Anne Frank）：《安妮日記》（臺北市：皇冠，二〇二二年）。
2. 畢恆達：《空間就是權力》（臺北市：心靈工坊文化，二〇〇一年）。

【換你想一想】

嘿！正在讀這本書的你：你現在正處在怎樣的一個空間？自己的房間？教室？圖書館？咖啡廳？環顧一下周圍，試著回憶看看這個空間承載過你哪些故事點滴？請你自選某個空間作為主題，寫下該空間銘刻下的生命故事。

【知識連結網】編織知識連結網，訓練思考、增強國寫力。

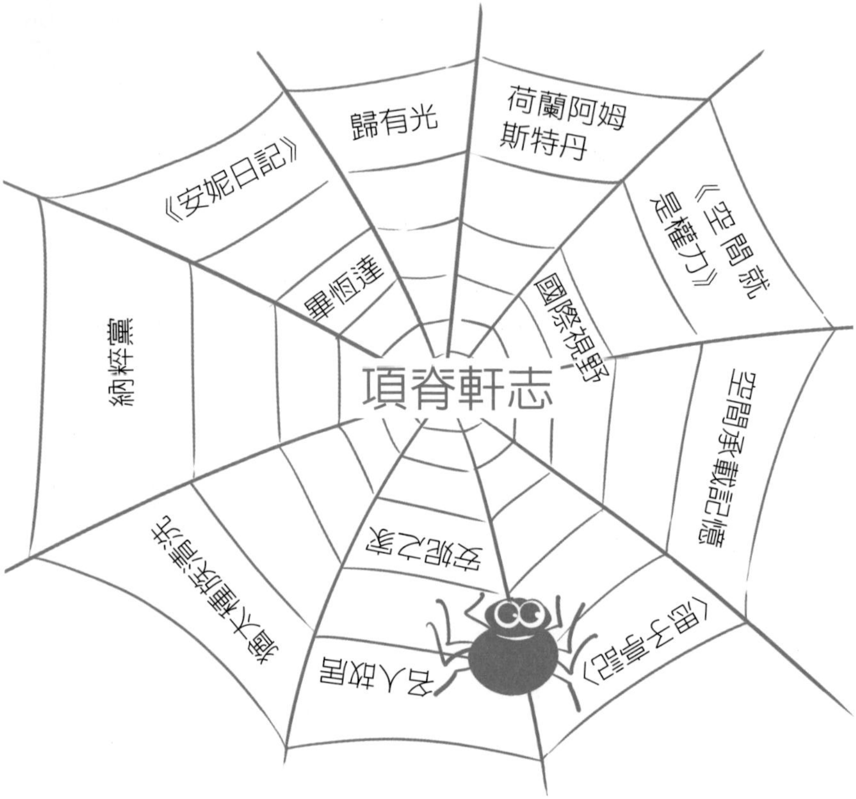

〈諫逐客書〉

——暴君養成指引

【思考引導】如果秦始皇是暴君的話，李斯該負責任嗎？

【古文超連結】

俗話說：「一個成功的男人，背後必定有一個偉大的女人。」這句話可以稍做改寫：「一個豐功偉業的君王，背後必定有一個創意百出的智囊輔臣。」秦帝國興衰以及秦始皇的偉業與惡政，便與他背後的這個輔臣密切相關——李斯。

一、秦始皇背後的那個男人

李斯，楚國人，平民出生。從平民步步晉升到秦國第一宰相應該很勵志，而這個勵志故事得從兩隻老鼠講起。

李斯年輕時任鄉里小吏，某日於廁所裡看到幾隻吃著髒物、遇人、見狗便驚嚇逃竄的老鼠；轉身走進糧倉，又看到老鼠。這幾隻糧倉裡的老鼠，吃著囤積的乾淨米糧、遛達於高大屋梁下，無懼於任何驚擾。李斯剎那間頓悟——環境很重要啊！人得要往上爬爭取優越的環境才叫有出息。於是，李斯拜入荀子門下，發憤讀書修習帝王之術。學成後，選定強秦作爲其大展長才的舞臺。

李斯初到秦國先是投奔呂不韋；當他有機會接近秦王時，便遊說秦王要像掃除鍋灶上的灰塵一樣，掃滅諸侯以成帝業，並建議以重金賄賂各國名士，不合作者便刺殺。這些建議甚得秦王心意，於是李斯由長史拜爲客卿。

「鄭國」間諜事件

不料，李斯新官尚未坐穩，便發生了「鄭國」間諜事件：即韓王派遣一位名爲「鄭國」的水利工程師往秦，說服秦王修築河渠，企圖以浩大工程拖耗秦國人力經濟，使秦國再無餘力向韓國宣戰。計謀曝光，群臣上書要求驅逐各國客卿，李斯進獻奏議〈諫逐客書〉力抗群臣。

〈諫逐客書〉是一篇精彩的議論文。李斯不談個人處境，抓住秦王想要一統天下的心理，從史證、物證、事證全方面論述，說明驅逐客卿等於是把人才往外推，不僅損秦利敵，更可能使國家陷於危難。這篇文章成功說服秦王撤銷逐客令，李斯不僅挺過失業危機，甚至升任廷尉官職。此後，李斯成爲秦始皇最得力的輔臣，秦始皇流傳後世最具議論性的幾項功與過，都與李斯脫不了關係。

成也李斯

秦滅六國一統天下，群臣建議秦始皇採取分封諸侯的封建古制，李斯再次獨排眾議，認爲周朝實行宗親封建的分權治理，最終造成諸侯相互殺伐的結果，因而建議將全國劃分成郡縣，再由中央派遣官員赴任治理。李斯再次成功地說服了秦始皇，這一套以中央集權爲核心概念的郡縣制度更是沿襲至今。

再者，帝國初立、新制初行，難免有一些質疑的雜音，於是李斯又進獻了一個讓天下安寧的方法：「天下無異意，則安寧之術也。」也就是說，將不同意見的聲音通通消除便是治國安寧之法。哇！控制思

秦始皇
李斯
不可驅逐客卿

書同文、車同軌、統一度量衡、焚書、坑儒……。
李斯
秦始皇

想與言論，原來是老祖宗沿襲下來的老方法。

還記得歷史課本提到的，秦始皇對後世最大的政績是什麼嗎？書同文、車同軌、統一度量衡對吧？這些不是秦始皇創發，而是李斯提出的。那秦始皇最大的惡政呢？焚書坑儒對吧？這也是李斯的點子喔！秦始皇屢屢採納李斯的政見，封以丞相的高官厚祿。然而，這份信任終究是錯付了。

敗也李斯

秦始皇愛巡行，第五次巡行時，於沙丘急病薨逝。趙高說服李斯，兩人合謀竄改遺詔，賜死長子扶蘇改由胡亥繼位。秦二世胡亥繼位之後，殺盡親族、嚴刑峻法、加重賦稅與勞役，終致民間起義反秦。李斯勸諫不成，擔心自己爵位俸祿被拔除，竟然表奏〈行督責書〉奉承秦二世，說帝王不妨恣縱享樂，嚴刑督責亦是明君之舉。當民間反秦義軍蜂起，趙高誣陷李斯謀反，李斯最終被判處腰斬、夷三族。

李斯行刑前預言，賊寇將橫行咸陽，秦朝堂也將成麋鹿嬉遊[1]的廢墟。一年後，劉邦攻陷首都咸陽，秦王子嬰開城投降，大秦帝國二世而亡。

看到這裡你是不是又想到成語了——「秦始皇，成也李斯，敗也李斯。」

1 李斯死前所言：「吾必見寇至咸陽，麋鹿遊於朝也。」

二、始皇、暴君養成之路

介紹完李斯，當然要再說說這個史書上名氣最大的皇帝——秦始皇。

從人質到始皇帝

秦始皇姓嬴名政，父親爲秦國公子嬴子楚（《史記》說是呂不韋啦），母親爲趙姬（原爲呂不韋姬妾）。由於子楚被安排到趙國當人質，嬴政出生後便與父母同在趙國受盡欺凌。當子楚歷經波折繼位爲秦王時，嬴政也被封爲太子。

嬴政十三歲即位爲秦王，主政大權卻是先後掌握在呂不韋、嫪毒與太后手中。嬴政直到二十二歲才行冠禮（男子成年禮），冠禮之後隨即親政。他政權一到手，便處死造反的嫪毒、廢呂不韋相位、流放太后，將嫪毒與太后私通所生下的兩個同母異父的弟弟摔死。

臣子茅焦進諫，流放太后有違孝道，恐影響各國的歸附意願，不利天下一統大業。秦王便將太后迎回甘泉宮。此後，秦王陸續攻伐各國。滅趙後，爲報當年人質時期受欺凌的舊仇，親自到趙國，將曾經結怨過的人全部坑殺。隔年，發生「荊軻刺秦王」事件。

公元前二二一年，秦滅六國，天下盡歸於秦。此時三十九歲的嬴政，召集群臣要求大家爲他擬定新名號，以符合他亙古未有的偉大功業。嬴政覺得群臣所議的「泰皇」不足以詮釋他「自上古以來未嘗有，五帝所不及」的偉大，最終自創「皇帝」一詞，以「始皇帝」自稱，「秦始皇」由此誕生。

此外，以「朕」字爲帝王自稱；廢除「謚號」傳統（人死之後，後人依據其生平作爲，給予一、兩個字作爲總評），除了認爲「子議父，臣議君」不妥之外，也可能認爲後人沒資格評價他這個偉大皇帝。

既然不給後人評價，當然自己先說先贏。因而，秦始皇屢次封禪，向上天稟報豐功偉業；刻石立碑，讓豐功偉業流傳後世。

偉業與惡政

面對前所未有的天下版圖，秦始皇也有新局用新政的魄力。改封建爲郡縣制，使治權

統一於中央；爲促進政令推行的效率、統一思想而實施「書同文」制度，設小篆與隸書爲全國統一字體；統一度量衡、貨幣、交通車軌以利經濟發展；重農抑商、開鑿運河；修築長城抵禦匈奴。這些創始性政策，對後世造成巨大影響。

制定新政之外，秦始皇動用大量人力財力，大興土木。全長七百多公里，穿越十五個縣，見山劏山、遇谷塡谷、穿越沙漠建成的「秦直道」，大約是人類歷史上最早的高速公路吧！於咸陽城內仿建被滅的六國宮殿，以天橋和環行長廊打通各宮殿，將各國美女與鐘鼓樂器收集於其中。新建符合至尊皇帝身分的皇宮「阿房宮」，全國另有數百個始皇專屬宮殿。於驪山修築陵寢，陵寢之內機關重重、多奇珍異寶；以水銀製作成山川河流，仰頭可見日月星辰；再以人魚脂肪製成常明蠟燭；泥塑數千座兵馬俑作爲冥界護衛。這每一項都是巨大工程，想想要耗費多少人力與財力？繁重徭役以及賦稅制度，惹得民怨沖天。

公元前二一三年，爲了讓反對新政的人不能以古論今，更爲了統一思想的目的，秦始皇依李斯建議下令「焚書」，銷毀除《秦記》之外的六國史書；除了官方藏書，民間不准私存詩、書、百家語，只保留農業、技術、卜筮和醫藥的書籍。隔年，坑殺四百多名儒生（另有一說：坑殺的是爲秦始皇煉丹卻誹謗秦始皇的術士）。焚書坑儒（或術士）不僅造成中國文化史的浩劫，更是扼殺了春秋以來百家爭鳴、自由思想的風氣與精神。

爲了能永久統治帝國，秦始皇渴求長生不死，數度遣人四處尋求不死仙藥。熱衷於封禪立碑以及巡遊的秦始皇，第二次巡行時，於湘山遇大風阻礙渡江，事後派遣三千刑徒將湘山樹林砍伐殆盡；第三次巡行時遭張良行刺；第五次巡行於沙丘病逝。

暴君？還是千古一帝？

上千年來，秦始皇多被視爲「暴君」的代名詞。有趣的是，近代開始，秦始皇的歷史定位竟然大翻轉，重新冠上「千古一帝」的頭銜。

你怎麼評價呢？是專制嗜殺的暴君？還是開創萬世政制、於統一有功的千古一帝？如果將「暴君」以及「千古一帝」分別製作成評分表，你會給幾分呢？

分數愈高，暴君指數愈高～

秦始皇的「暴君」指數：1—2—3—4—5—6—7—8—9—10

1	2	3	4	5	6	7	8	9	10

原因是：

分數愈高，偉大指數愈高～

秦始皇堪稱千古一帝：1—2—3—4—5—6—7—8—9—10

原因是：

三、看影集學歷史

在你心目中，如何定義暴君？你又是否好奇，暴君是如何養成的？天賦異稟還是造神運動？來來來，追劇囉！看影集學歷史的時間來囉！

Netflix——《暴君養成指引》

二〇二一年，Netflix推出一部紀錄片影集《暴君養成指引》。有趣的是，本片既歸類於以眞實爲基礎的紀錄片類型，搜集豐富史料，介紹暴君的眞實經歷，卻又將這些都包攬在一部虛擬的古籍《暴君養成指引》上。虛實交錯互證，告訴觀眾：「暴政是有說明書的，要當上暴君，只要按照幾個步驟，非常

簡單。」有沒有很聳動？有沒有心癢癢想知道怎樣才能登上暴君寶座？

紀錄片共六集，每集介紹一位當代暴君以及一個策略。

1. 首先出場的是製造猶太災難的阿道夫・希特勒（Adolf Hitler），示範暴君的第一步「奪取權力」。
2. 伊拉克的海珊（Saddam Hussein），以「剷除對手」作爲鞏固權力的手段。
3. 烏干達的伊迪・阿敏（Idi Amin），是「恐怖統治」的代表人物。
4. 蘇聯史達林（Josef Stalin），懂得「控制眞相」，操控資訊、改寫歷史。
5. 利比亞的格達費（Muammar Gaddafi），以《綠皮書》打造新社會。
6. 北韓金氏家族，則實現了暴君的夢想——「永久統治」。

基於版權以及不暴雷原則，以下結合其他史料簡單介紹兩位暴君。

暴君的第一步棋：奪取權力

影集開宗明義告訴你：「做任何事之前，你必須脫穎而出、獨攬大權。」

青年希特勒原本只是一個失業畫家，卻能靠著「狂妄的自信」，將自己打造成世上最強的人。幾次的神諭（幻聽？）讓他堅信自己就是那個解救世界的人。

他利用民怨、推銷陰謀論（一切都是猶太人的錯），再將自己打造成人民代言人。發起運動、設計軍裝制服、創造納粹標記（卐）；花時間建立政治人脈與忠誠的幕僚團隊，讓追隨者相信「服從就是團結」。萬事俱備之後呢？等待東風。是的，要耐心等待適當的契機，千萬不可貿然行動，希特勒就是急躁地發動了「啤酒館政變」，導致他入監、失勢。然而入監的潛沉、寫作自傳《我的奮鬥》，反而讓他得到納粹黨的好評。

一九三四年，希特勒同時兼任德國總理與總統，展開獨裁統治，成爲策動屠殺數百萬猶太人的魔頭。

暴君的終極目標：永久統治

暴君的夢想是什麼？永生不死嗎？科技尚未到達，那就讓家族政權來延續統治。是的，暴君的最高目標就是要維持權力、永久統治。

北韓之父金日成原本是反日的游擊隊員，爲國家獨立而戰。二戰結束，韓國分裂成南、北韓，共產蘇聯選中金日成作爲北韓領袖，金氏王朝因而誕生。

金日成如何治國？首先，推動以自己爲中心的個人崇拜，把自己打造成智慧美德的泉源。「偉大的領袖」、「太陽」成爲金日成的代稱。其次，定期清算周圍有反叛嫌疑的人，不管他人有沒有奪權意圖，殺雞儆猴就對了。再者，封鎖王國與世隔絕，電視只有一個頻道；電話竊聽、出國必須得到允許。創建「主體思想」，灌輸人民一切自給自足、不依賴他國的觀念，並對國家的封鎖感到驕傲。最後，安排家族繼承人。

金家二代金正日更是異想天開，綁架各國人才來爲北韓服務；主張神威，創編出生神話。如金正日於神山「白頭山」出生時，燕子從天降臨預告神人降生；冬季的烏雲分開，露出絢麗的雙彩虹，天空生出新星；出生後三週會走路，八週能講話、能控制天氣、獨立寫作一千五百本書、第一次打高爾夫球就連續十一次一桿進洞。他還有著特殊的身體機能——不會產生廢物、不需上廁所。百分百的天選統治者。很扯嗎？暴政下的人民不需要科學與邏輯，只需要信仰。暴君相信，讓人民挨餓、吃不飽飯，自然沒有力氣造反，而自己則可以享受豪宅、名車、美酒。爲了預防他國多管閒事，終極武器出現了——「發展核武」。

金氏政權第三代金正恩，「三歲會開車，五歲駕駛戰車，完全具有領導人必要的資質和能力。」[2]他加速核武與洲際導彈的測試，二〇一七年進行核測試，爲金氏的永續政權建立了安全網，完成永久統治。

2 《東京觀察》北韓金氏三代的神話，網址：https://news.ltn.com.tw/news/world/paper/840963

影集最後告訴你，誰可以成爲暴君？——Anybody！眞讓人不寒而慄！

反串要聲明！

基於這部紀錄片歸類於十六＋，所以必須道德提醒一下，這影集表面上是手把手教你暴君養成之術，實則是反串啦！暴君不過一時爽，以上六位暴君哪一個有好下場？希特勒飲彈自盡、海珊被判絞刑、阿敏流亡異國、史達林中風、格達費遇襲中槍、金氏家族也只能在北韓稱老大，最終留下的都只是萬世罵名。

歌頌聖賢、成功祕笈多了。讓我們逆向思考，從負面教材看懂政治鬥爭，莫落入造神陷阱而盲目崇拜。培養思辨能力去辨識領導者的眞面目，讓自己當自己人生道路的明君。

【佳句詞庫】

泰山不讓土壤，故能成其大；河海不擇細流，故能就其深：泰山不拒絕細小的塵土石粒，才能如此高聳；河海不挑揀涓滴細流，才會變得深廣。李斯以山、海爲喻，勸說始皇王者需有包容涵納之德，才可能成就千古大業。類似「有容乃大」之義，也引伸爲人的度量、涵養。

【跨域閱讀】

1. 「暴君養成指引」，Netflix，二〇二一年。
2. 馮客（Frank Dikötter）著，廖珮杏譯：《獨裁者養成之路：八個暴君領袖的崛起與衰落，迷亂二十世紀的造神運動》（新北市，聯經，二〇二一年）。

【換你想一想】

講完了暴君，可以換你說說「理想君主」的標準嗎？如果你已擁有投票權，你最在乎領導者的哪一種品格？原因為何？

【知識連結網】編織知識連結網，訓練思考、增強國寫力。

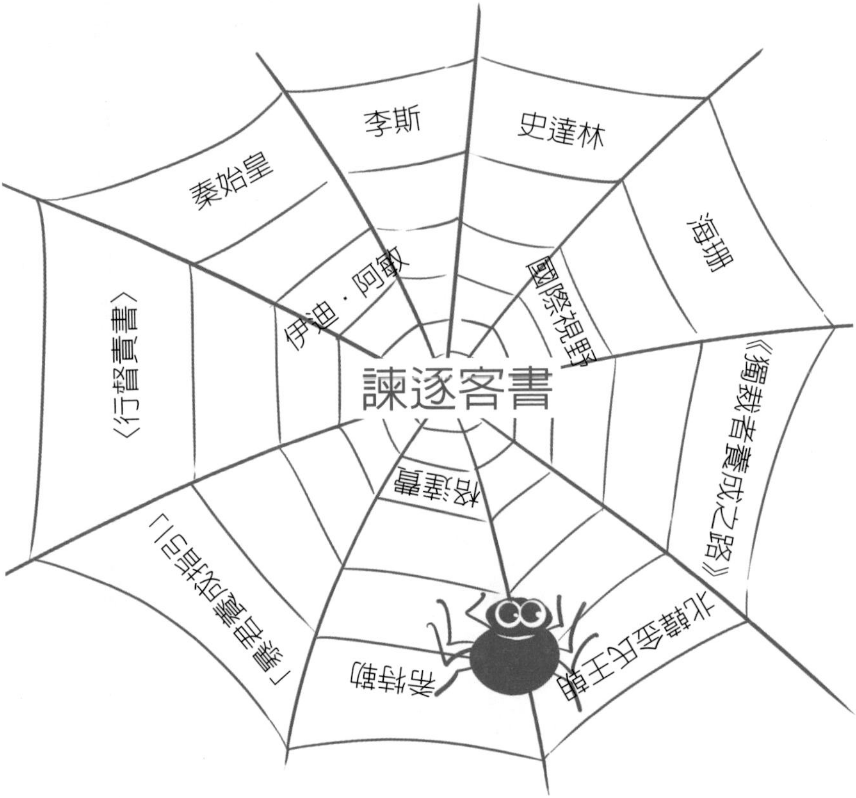

〈鴻門宴〉

——朕不給的，你不能搶

【思考引導】鴻門宴是項羽大業未成的關鍵點，如果當初他聽從范增之言，於鴻門宴上殺了劉邦，歷史將有怎樣的變化、發展？

【古文超連結】

你身邊有沒有這樣的同學或同事？才氣縱橫、渾身霸氣，一看就是直升總裁、統領世界的命數。然而，多看兩眼、再多交談幾句，就會發現他通天才幹之下，直率透明到心腸可見，優柔寡斷、粗疏寡謀到隨便挑撥兩下就能奪下他的江山。

一、西楚霸王的帝王夢

項羽，楚國人，出生於將相世家。少時不愛讀書也不學劍術，理由是：讀書只能記記人物姓名，劍術頂多一對一單挑，兩者都不夠看，要學就學能夠以一敵萬的兵法謀略。叔叔項梁本想要賞他個「人小志氣高」的好寶寶貼紙，結果項羽把兵書翻個幾遍、兵法學個大概之後，又把兵書丟到一邊了。

雖然沒有聖賢典籍的澆灌，項羽還是長成身高一百八十五公分的高大青年，而且力大無窮，一人便能扛起銅鑄的銘鼎。

少年項羽某日於會稽看到秦始皇的巡遊車隊，由衷發出一句「彼可取而代也」的大話。這一句「取代秦始皇」可引來殺頭之禍的豪語，讓叔叔項梁驚嚇又驚奇。

暴雷驚電連天掃、殺盡秦軍如殺草

秦二世元年，項羽叔侄響應陳勝、吳廣起義抗秦，以八千江東子弟起兵，自此展開橫掃千軍、一路開掛的稱霸之路。鉅鹿之戰，項羽五萬楚軍以破釜沉舟的魄力，以一當十，九戰九捷，大挫章邯四十萬秦軍。清朝鄭板橋有詩形容此役：「暴雷驚電連天掃」、「殺盡秦軍如殺草」。

勝戰之後，威風凜凜的項羽召見齊、燕等諸侯軍。由於當初看衰此役、只屯兵於外圍作壁上觀的各路諸侯，畏懼項羽威勢，更怕秋後算帳，眾人竟是「膝行而前」跪行拜見。項羽也自此奠定抗秦「上將軍」的地位。

話說，先前楚義帝與各諸侯約「先入關中者爲王」的規則，就在項羽北上先救援趙國，再迴轉軍隊南下與秦軍硬槓對決時，劉邦則西進函谷關、直入秦首都咸陽，秦王子嬰也開城投降。項羽聞訊大大不服、不悅，完全沒有要認輸的意思，認爲劉邦不過撿漏鑽縫、僥倖入關，於是下令隔日發兵進攻，瞋目劍指，一副「朕不給的，你不能搶」的霸君氣勢，打算給劉邦好看。劉邦自忖軍事實力尚不比項羽，便於鴻門宴上示弱拍馬，項羽也就順勢消氣接手咸陽。此後，項羽志得意滿，行使帝王實權，分封十八路諸侯，並自立爲西楚霸王，定都於彭城。

秦已滅，諸侯接受霸王分封，看似大局底定了不是嗎？沒沒沒，悲劇英雄故事當然會有反轉。

項羽雖善戰，於滅秦有大功，然而他坑殺降軍，又流放、暗殺楚義帝，使劉邦找到藉口，以討公道爲名，召集其他諸侯軍舉旗討伐，就此開啟楚漢相爭的序幕。

就在項羽攻打齊國田榮時，劉邦聯合五十六萬反秦聯軍，兵分三路入侵彭城。項羽聞訊，率三萬精銳軍馬回防，策畫包抄戰略，晝伏夜出以閃電般的速度收復彭城，十餘萬聯軍潰逃無路、落入睢水，導致睢水為之不流。劉邦父親與妻子呂雉遭楚軍捕獲，劉邦則因天颳暴風、楚軍亂陣而幸運脫逃。至此，項羽的戰鬥實力仍舊所向無敵，穩坐戰神寶座。

四面楚歌，烏江自刎

然而，南征北討、連年作戰，楚軍早已兵疲馬倦，損戰將又缺糧餉。就在項羽中了反間計謀失去軍師范增之時，韓信、陳平等人在劉邦的重用下，屢出奇謀屢創勝績。項、劉決定議和，約定楚河漢界和平共存。就在楚軍以為就此卸下戰袍之時，張良以養虎遺患為由，勸說劉邦撕毀合約追擊楚軍。就這樣，形勢大逆轉，漢軍反攻大捷，項羽反入末路，「垓下之困」、「四面楚歌」、「霸王別姬」、「無顏見江東父老」、「烏江自刎」等名場面逐一上演，鑄成悲劇英雄的結局。

這樣的將才戰神怎會落得兵敗自刎的下場？至少要敗給比他更勇猛的人才符合科學吧！可惜，世事總是出乎人意料。從家世背景來看，市井出生的地痞劉邦奪下世代將相的楚霸王江山，也算是一齣逆襲爽劇吧！

二、地痞劉邦的逆襲之路

劉邦，市井平民，本名「季」，以標示排行的「季」字爲名，也就是說連個正式的名字都沒有。排行老四的劉邦，還被父親認證爲「無賴，不能治產業」。雖如此，劉邦還是有個泗水亭長的小官職，這個比村長略高一點的小官，讓爲人豪爽的劉邦積攢不少人脈。後來因放任服勞役的鄉民逃脫，爲避罪責而藏身芒碭山。這個解散徭役的仗義行爲，反倒吸引許多追隨者，日後都成爲擁他爲沛公、爲他打天下的幕僚。

市井平民藏帝王之相

《史記》記載劉邦「好酒及色」，面貌「隆准而龍顏，美鬚髯」，也就是高鼻梁、天庭飽滿，鬢角下巴還有帥氣的鬍鬚。某日，他謊報禮金混進富豪呂太公的宴會中，呂公一見劉邦便認定他面相非凡、必成大器，當即許嫁女兒呂雉，大有卡位意味。

史書裡還有許多關於劉邦的非凡傳說，如劉母曾夢見與神相遇，因蛟龍盤附在身而有孕；斬白蛇；劉邦所在處常有五彩雲、有天子氣等等。然而，劉邦初始並沒有成帝的野心，劉邦的開國封帝，可以說是一步步因勢發展而來。

劉邦大約長項羽二十歲，同樣也不愛讀書。當項羽觀看秦始皇車隊而說出「彼可取而代也」的話時，同在人群裡的劉邦則是說：「大丈夫當如是也。」也就是說，當少年項羽心懷取代秦始皇的王者霸氣時，已逾中年的劉邦還只是心生豔羨的仰慕者而已。

成功的條件

項羽有爭霸成王的決心、有領兵征戰的長才，而專長技能看似不怎麼出色的劉邦，憑什麼奪下西楚霸王的江山？劉邦的成功建立在什麼條件之下？

1. 用人、識人之明：劉邦在登基的慶功宴上有這麼一段演講：「出謀劃策上我不如張良、治國撫民比不上蕭何、帶兵征戰弱於韓信。然而，我懂得重用這三位人才，這是我最終取得天下的原因。」也就是說，我劉邦各項技能都不是NO.1，但是卻可以驅使NO.1的人才爲我服務。多麼謙遜又多麼自負啊！確實，懂得任用能人，是劉邦能夠扳倒項羽、取得天下的一大原因。

2. 神隊友多於豬隊友：蕭何、曹參、夏侯嬰、樊噲等人，都是劉邦當年任亭長小官便已結交的朋友；別說韓信、陳平是從項羽軍隊跳槽過來的，在緊要關頭，項家軍的豬隊友項伯，更成了幫助劉邦度過鴻門宴劫的關鍵人物。而劉邦如何對待己營的豬隊友——也就是引發鴻門宴危機的曹無傷呢？——尿遁脫險後，不囉嗦，砍了！

3. 乖乖聽話不躁進：有了神隊友還要自己肯聽勸才能成事是吧？鴻門宴上示弱尿遁、乖乖進入川蜀封地、重用韓信；明燒棧道、暗度陳倉；毀鴻溝停戰協議反攻楚軍等，這幾件關鍵性決議都不是劉邦腦袋生出來的對策，劉邦只要信任隊友並且聽話，就成功一半了。

4. 兩強相爭，敵手的失誤便是我方得分：項羽坑降軍、殺秦降王子嬰、火燒阿房宮、放任楚軍掠奪咸陽婦女、貨寶，早已失卻民心，項家軍即便攻城掠地，也等於在替劉邦打江山。說到底，項羽最大的失誤便是不聽范增的話，沒有在鴻門宴上除掉劉邦。項羽的一時手軟，等於幫劉邦鋪了條逆襲之路。

三、鴻門宴：劉邦最後的晚餐？抑或重整江山？

讓我們倒帶一下，補充說明鴻門宴的前因後果。

當各路諸侯舉旗反秦，明明楚義帝訂下「先入關中者爲王」的規則，而這個霸王卻是「卯贏的」。義帝是哪位？規則算什麼？無論誰先入關中，關中王只能是我項羽。以今日的職場劇爲例，如同公司新訂「當月業績最高者升任店長」的規則，而霸道同事卻衝出來說：「誰敢？我是去年的業績王，店長永遠只能是我。」

沒人敢反駁！連張良也教劉邦認慫、裝孫子。

項羽不服規則，還於鴻門設宴，邀（召）請（見）劉邦，等他給個說法。因此，鴻門宴說得有尊嚴點是溝通晚宴；說難聽點則是謝罪之行。不管是溝通還是謝罪，都考驗著劉邦的演技，演技不到位，便會成爲他的最後晚餐——吃飽，上路。

冒著「最後晚餐」的風險，劉邦硬著頭皮赴宴了。但總不能懷著有去無回的悲壯心赴宴吧！既知此飯局攸關生死，當然要思考活命的戰略。說服項羽，讓項羽相信自己甘心爲其臣、爲其下便可保命。因此，成功的說服與溝通便是劉邦的救命稻草。而說服成敗又立基於對對手的認知程度，必須要直擊核心或者抓住軟肋，如《孫子兵法》所說：「知己知彼，百戰不殆。」這八個字我們聽多了也太熟了。讓我們玩玩另一種說法，用當今流行的薩提爾溝通模式「冰山理論」來剖析一下項、劉兩人內心的小劇場。

四、薩提爾冰山理論

冰山理論，由家族諮商師維琴尼亞・薩提爾（Virginia Satir, 1916-1988）提出，應用於心理諮商與人際溝通。

首先，薩提爾認爲人的自我如同一座海上冰山；露出海面的那一小塊冰山，猶如人的外在行爲；海面下廣大的冰山底座，則藏著人的價值、感受、觀點、期待、渴望等。人際往來，通常只關注到對方的外在

項羽
我取代秦始皇
我是關中王
我是戰神
我生氣氣
劉邦
我害怕
我不會背叛你
我崇拜你

水面下隱藏的真實想法又是什麼呢？

行為，未能明瞭言行背後的情緒、觀點、期待等。若是能知悉言行背後的動機與渴求，便能減少衝突，達成良好的溝通。

其次，薩提爾還分析，當一個人在人際往來中感到受威脅或者衝突時，通常會有四種求生存的回應姿態：討好、指責、超理智、打岔。不同性格的人會做出不同的應對模式，從中也顯現出個人的自我價值。

透視項羽、劉邦的冰山底層

讓我們以此理論來觀測一下劉邦與項羽的冰山與應對模式。

先說說項羽。當項羽得知劉邦破咸陽、駐兵函谷關，並有自立關中王的意圖時，心理感受是不屑、不甘、不服。心想：自己這個不敗將軍，怎麼可能讓內腳劉邦凌駕其上？面子往哪擱？項羽直接反應便是「大怒」，下令犒賞兵將酒食，準備隔日進攻劉邦。項羽內心期待攻克劉邦，渴望證明自己所向無敵，是唯一的「王」的人選。至此，項羽的外在行為與內心歷程，都反映出他霸王性格與極高的自我價值。

另一方呢？當劉邦得知項羽準備進軍霸上，其感受先是「大驚」，幾次說出「為之奈何？」的話，更顯示出其慌亂無措。劉邦腦海瞬時浮現人生跑馬燈，回顧以往經驗，深知項羽的戰力與蠻橫，自己過去未曾勝出，今日也不存勝算。只好聽從張良建議，主動前往鴻門，期待能夠說服項羽，使其消氣、不責怪，渴望自己能逃出生天、度過此劫。當然，決定要「謝罪」、決定要服軟，便是把自我價值放到最低點了。

再從生存威脅的回應姿態來驗證。

鴻門設宴問罪，明擺著是種「指責」模式。宴上，用座位劃分項、劉尊卑，項羽採取以上對下的姿態，欣賞劉邦的惶惶不安，劉邦的惶懼則加劇項羽的傲氣；反之，劉邦在鴻門宴上面臨死亡威脅，打定主意要示弱求饒，所採取的應對策略當然就是「討好」。戴上取悅的面具，付出降低自我價值的代價，甚至刻意表現出怯懦畏縮的樣子，讓項羽相信自己不如他，絕無與之爭霸的能力與企圖。

項羽絕對想不到，自己的自負卻成就了劉邦的漢朝江山。

不專業冰山哏圖

最後，忍不住要來場不專業分析，改編冰山圖來玩玩鴻門宴上項、劉內心的小劇場。

如果把項羽鴻門宴上的表現繪成冰山哏圖，可以說，項羽要嘛是整個人裸露在水面上，讓人一眼見底；要嘛就是水面上與水面下完全一個樣，內心的霸道、傲嬌、剛愎自用、優柔寡謀，全寫在臉上了；反之，劉邦呢？除了眼睛、鼻孔、嘴巴，其餘都在水底下吧！甚且，水面上的眼睛、鼻孔、嘴巴，都在奮力地作戲裝傻；內在的野心、虛假、機靈應變、能屈能伸，不僅深埋水下，還在心肝脾肺裡藏得嚴嚴實實的。

兩人的情況挺適合用臺語來形容，也就是：一個被看透透，一個被看沒有。

劉邦贏在將霸王看透透，知道項羽冰山表面與底層一模模一樣樣，都是自信作祟，而且可以情義動之，只要自己臣服認輸，他便會盡釋前嫌；反之，被看沒有的當然是劉邦囉！項羽輸在他看不透劉邦神級演技下的眞面目、冰山底層的野心，誤以爲他膽小無能、眞心敬畏自己，因此，看他很沒有，以爲掌中老鼠隨時可以捏死，先要弄一番過過癮。

項羽只看到冰山上層精心打造的謝罪劇目，並且被說服了，只有范增火眼金睛能透視到水底，知道「貪於財貨，好美姬」的劉邦竟能忍住不淘寶，可見「其志不在小」。但那又怎樣呢？項羽不聽話啊！鴻門宴上屢次使眼色、舉玉玦暗示項羽下殺手，召來項莊以舞劍斬首，變成項家叔侄的雙人表演不說，竟然還能讓樊噲衝進來指責說教，說到項羽無言以對，還賞肉賜酒。

項羽一手好牌打成這樣，你說奇妙不奇妙。

劉邦
我不要死
我能屈能伸
小不忍則亂大謀
我先入關中我是王
項羽
我取代秦始皇
我是關中王
我是戰神
我生氣氣

【佳句詞庫】

項莊舞劍，意在沛公：鴻門宴上，項莊表演舞劍，實際目的則是擊殺劉邦。比喻表面言行與真實意圖有所差異，內心另有圖謀。與「醉翁之意不在酒」意義近似，兩句都有「別有所指」之意。然，以歷史典故而言，「項莊舞劍」稍含凶險情境，使用前應略作區隔。

【跨域閱讀】

1. 維琴尼亞・薩提爾（Virginia Satir）等著，林沈明瑩、陳登義、楊蓓翻譯：《薩提爾的家族治療模式》（臺北市：張老師，一九九八年）。
2. 張輝誠、李崇建：《教室裡的對話練習：當學思達遇見薩提爾》（臺北市：親子天下，二〇一九年）。

【換你想一想】

玩過搞笑冰山哏圖，讓我們回歸專業。請依據正文解說過的薩提爾冰山理論，分別繪製出項羽、劉邦於鴻門宴的外在言行與內在心理的冰山圖。

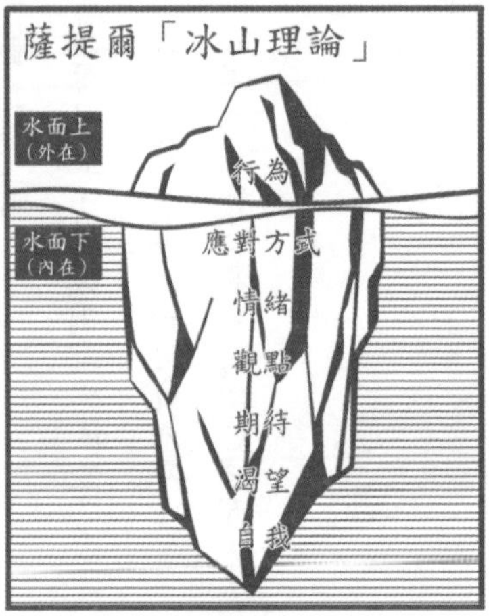

項羽

劉邦

【知識連結網】編織知識連結網，訓練思考、增強國寫力。

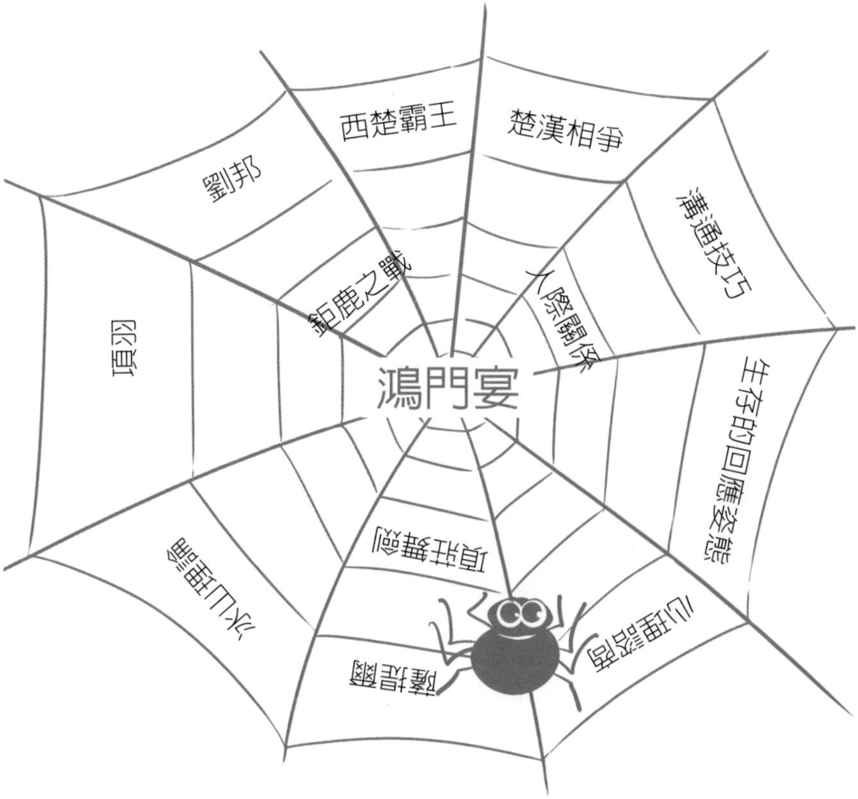

〈草船借箭〉
——有關文學、歷史與政治的三角習題

【思考引導】我們一直是被這麼教導的：文學是虛構的故事，歷史是眞實的紀錄。文學與歷史眞能如此壁壘分明嗎？

【古文超連結】

《三國演義》是羅貫中根據正史《三國志》，以及民間傳說、戲曲、元代話本《三國志平話》改編而成的章回小說，今日所見的一百二十回本，乃經毛宗崗父子增刪潤色。

〈草船借箭〉是赤壁之戰中的一個事件。有鑑於教科書刪除了三國歷史，我們就先簡說一下赤壁之戰的前因後果。

一、《三國演義》赤壁之戰概覽

還記得前面〈朕不給的，你不能搶〉楚漢相爭的故事吧？劉邦自鴻門宴脫險後，運勢走強開創大漢王朝，劉氏帝業輝煌百年。到了驕奢無能的桓、靈二帝，宦官外戚政爭、販官鬻爵，先有黨錮之禍（宦官以「黨人」罪名構陷、禁錮士大夫），後引發黃巾民變。朝廷無力鎮壓，便放權各地自組民兵保家衛土。平定後，漢朝國勢更加衰頹，各地角頭也趁勢崛起；同時，中央由董卓獨攬朝綱，漢獻帝已淪爲傀儡。

曹操挾天子以令諸侯

此後，董卓擅權專政，遷都長安。袁術、孫堅、呂布、曹操、劉備等人一番討伐逆賊、勤王、迎天子於許都等角力之後，權力再度易手，轉成曹操「挾天子以令諸侯」的新局面。（尷尬了，都沒有漢獻帝的事。）

建安五年（公元二〇〇年），曹操與袁紹官渡一役，曹操以少勝多，奪下袁紹地盤，奠定北方一霸基礎。曹操架空漢獻帝，挾中央政權以自重；地方另有孫權與劉備與之抗衡，矢誓聲討竊國曹賊。

曹操往南擴張勢力，不費吹灰之力收了荊州。當時，依附於荊州的劉備倉皇南撤，於長坂坡被曹軍打了個落花流水。此後，諸葛亮出使孫營，說服孫權結盟共抗曹軍。

赤壁之戰、「三強」鼎立

話說，劉備與諸葛亮打定主意投靠東吳政權，卻不明說，而是等到魯肅來訪，假裝是因應魯肅力邀，才勉強前往東吳共商抗曹大計。

諸葛亮到江東，孫營一群文武儒臣早已列陣相候，等著以聖賢義理給這個來勸戰的人一個好看。而諸葛亮手搖羽扇「舌戰群儒」，輕輕鬆鬆就給一一ＰＫ掉。會見孫權時更使出激將法，勸說孫權要嘛早點決戰、要嘛早點投降。但他們家劉備則是「王室之冑，英才蓋世，眾士仰慕」（漢王室的後裔，英明才智超群，眾人敬仰傾慕），唯有抗戰到底，不可能屈於曹賊之下。激將奏效，後面的戰策分析讓孫權龍心大悅，決意抗曹。

聯盟就此定案了嗎？還沒，孫營還有個大都督周瑜要搞定。諸葛亮再玩一次激將法，引述曹植的〈銅雀臺賦〉，並巧加擅改，謊說曹操「誓取二喬」以樂晚年。而大喬、小喬正是孫策、周瑜之妻。嬌妻遭人覬覦，大丈夫豈能坐視！周瑜怒罵老賊，聯盟就此定案。

草船借箭

抗曹既定，周瑜先是偽造曹營水軍教練投降書信，再利用同窗之友蔣幹將訊息傳給曹操，曹操中計，急怒之下砍掉自家的水軍教練；接著，周瑜（竟莫名其妙地）猜忌諸葛亮是否看破此計，（再莫名其妙地）要除掉諸葛亮（不是才剛聯盟嗎？怎麼忽然內鬥起來？），令諸葛亮三日內督造十萬弓箭，否則軍法處置。

諸葛亮接令後，向魯肅借船、布幔束草、借士兵，之後便按兵不動、悠哉悠哉度過兩日。第三天凌晨，諸葛亮下令將船開近曹操水寨，擂鼓吶喊一副叫陣決鬥姿態。當時，因江面大霧，曹營懵懂難辨，只好先向江中放箭，一時箭如雨發，全射向船上束草。船隻單面受滿箭之後，再來個華麗轉身，讓另一面束草也將來箭接好接滿。不到天亮霧散，諸葛亮收船急回，滿載而歸。臨走前還令士兵齊喊「謝丞相箭」。禮貌很是周到。

火攻、鐵鍊鎖船、借東風

諸葛亮達成任務，周瑜心服口服。兩人終於坐下來商議計策，並同時提出「火攻」之計。然而，如何將第一把火送進曹船呢？再者，船泊水面，一船著火，餘船四散不就好了嗎？於是，龐統獻「連環計」，先假意投奔曹操，再提出鐵鍊鎖船的建議，哄說以此降低船隻搖晃，減輕不習水戰士兵的暈船嘔吐；另一方，再由東吳老將黃蓋詐降，駕駛薪草油船以自殺攻擊的模式衝撞曹船。

兩軍開打，周瑜岸上觀戰，正當得意之際，忽然一陣風迎面拂來，周瑜霎時一愣，驚叫、吐血、暈倒。原來周瑜發現一致命錯誤。赤壁交戰時爲隆冬之際，冬季吹的是西北風，西北風一吹，火勢是往孫劉盟軍方向吹送，屆時，可眞成了自殺攻擊啊！

此時，諸葛亮神救援，老神在在地表示自己曾遇異人傳授奇門遁甲之術，呼風喚雨不過小菜一碟。進而，築起九尺高的「七星壇」作法——借東風。一時之間，風助火勢，滿江火滾，火蔓岸寨，煙焰障天。曹操上岸引百騎奔逃。行到烏林，先後遇趙雲、張飛埋伏。當時天下豪雨、道路泥濘，曹軍一行人邊戰邊退，饑餓又狼狽，好不容易擺脫追兵，又遭遇鎮守華容道的關羽。曹操以舊日恩義情勸關羽，關羽心中不忍，扭頭放行，曹操終於平安脫險。

赤壁一役，曹操元氣大傷，孫權與劉備則議分南方，「三強」鼎足而立，三分天下。此時仍是漢朝建安十三年（公元二〇八年）。

漢朝滅亡、「三國」對峙

公元二二〇年（建安二十五年），曹操去逝，曹丕強迫漢獻帝禪讓，立「魏」國，漢朝正式滅亡。二二一年，劉備稱帝立蜀漢，孫權則在二二九年才稱帝立吳國。就「正名」角度來說，這才眞正進入「三國」時代。

若以孫劉聯盟作爲赤壁之戰起首，曹操戰敗、脫險爲結局的話，《三國演義》中與赤壁之戰相關的鋪陳、過程、結局，高達十六回之多，精彩程度使「赤壁之戰」成爲三國故事的重中之重，不僅後代文人喜藉該事詠史抒懷，也成爲當代影視、遊戲改編的大熱門。

此外，相關情節也衍生出許多歇後語，如諸葛亮借箭——有借無還；草船借箭——滿載而歸；周瑜打黃蓋——一個願打一個願挨；諸葛亮借東風——裝神弄鬼；曹操南下——操之過急等。這些經典的形成，都有賴於小說《三國演義》的成功。

二、認識「新歷史主義」

《三國演義》在正史的基礎下增添大量的虛構情節，雖推銷了三國，卻也偏離了正史；神化/醜化了某些人物，混淆文學與歷史的界線。

我們通常把文學當成休閒讀物，視爲文字美學的藝術；對待歷史，則當作是認識個人與國家過去的眞實聖典。然而，文學與歷史都是不涉政治的小白兔嗎？當文學遇上歷史，是否會產生化學作用？當文學與歷史中間再摻雜著政治認同的因素，會不會像蝴蝶效應一樣，微弱的翅膀搧一搧，卻引起遠方的大風暴？

先談談歷史吧！我們始終以爲作爲歷史論著，應以「眞實」爲紀，本當客觀無偏私地以「重現歷史現場」爲守則。然而，新歷史主義（New Historicism）的觀點提醒我們，其實歷史寫作的過程中，免不了人爲編織。茲舉幾個觀點來說：

1. 起筆之前，必須先從龐雜的資料中篩檢出具備入史資格的人物與事件。
2. 寫作過程中，有意或無意地強調或忽略某些人物、事件的影響力。
3. 所有事件都只是事件而已，事件所造成的結果與影響，大多是人爲的詮釋；事件的意義也是人爲的評斷。

歷史事件本身並不具備內在悲劇性，一個歷史學家只需要轉變觀點、改變視角、重新排列事件順序，從而編織出易於理解的故事，便有可能將悲劇境遇轉化爲喜劇境遇。[1]

赤壁之戰的兩種記錄方法

以三國歷史爲例，同樣一場赤壁之戰，所持立場不同，便可以有不同的記錄。

偏袒曹魏政權者，會強調是疾疫影響戰況，曹軍自行燒船撤軍，而不提聯軍的淩厲勇猛。以這樣的歷

1 海登．懷特著，張京媛譯：〈作為文學虛構的歷史文本〉，《新歷史主義與文學批評》，P.163～165。

史紀錄來說，戰敗並非是曹軍武力不如或戰略遜輸，而是水土不服、傳染病所致，這說法好歹保住一些面子吧！相反的，偏好孫劉聯盟者，則細述謀略與戰爭的過程，勝利乃是我軍威武、用兵如神所致，將疾疫因素放在最後略帶一提，以免被誤會是趁人生病才撿了個勝仗。

你看，沒有扭曲、不需謊言，只要選擇性地強調或者降低某些事的影響，便可讓讀者有不同的觀感。為什麼歷史書寫要計較這些小心機？引一段歐威爾《一九八四》裡的名言來說明：

掌控過去的人就掌控未來，掌控現在的人就掌握過去。

閱讀歷史的目的，不僅是為了鑑往知來、避免重蹈覆轍而已。歷史的作用可大了，它解釋了個人、族群的由來，具備了凝聚族群向心力的量能，不論是文化定位甚或國族認同，都需要透過歷史來捏塑。你想想，如果你的祖上、種族、文化、國族，足夠神偉輝煌，你也會為自己身上流淌著優良血脈而驕傲，不是嗎？正因為如此，歷史的話語權、詮釋權，可不是你敬我讓、雙雙協商來制定公版，經常是各為其政的必爭之地啊！

三、一個三國，兩種面貌

說完了歷史，那麼文學呢？文學應當是最純淨無染、遠離政治紛爭的精神樂園吧？那可不一定喔！尤其是，以眞實人事爲背景的歷史演義小說，免不了一種先驗的價値觀，作者不同的主觀、不同的政治認同，便會將故事帶入不同方向。帶著這樣的觀點，讓我們再把焦點轉回《三國志》與《三國演義》。

陳壽史觀下的三國歷史

陳壽仕於西晉，以曹魏爲正統，因此《三國志》裡，將曹操、曹丕、曹叡列入本紀（沿用司馬遷《史記》體例，惟有帝王能列入「本紀」）；不載劉備與孫權稱帝之事，並且將二人擺放在列傳；全書紀事一處採用魏之年號。

人物描寫方面，曹操是個文韜武略、機警有權術也有孝行的濟世奇才；孫吳陣營的周瑜是「器量廣大」、「性度恢廓」的形象；蜀營的諸葛亮只擅長內政，沒有舌戰群儒、沒有草船借箭、沒有借東風，瑜、亮兩人交鋒並不多，因此，沒有「孔明三氣周瑜」的事件，周瑜沒有「既生瑜，何生亮」的妒才與哀號，更不是因爲鬥輸諸葛亮吐血而死。

這是陳壽自己的史觀嗎？或者是長官的指示？確實有這樣的說法。也就是《三國志》以曹魏爲正統，乃是受到晉司馬氏暗示指導，在「後代修纂前朝史」的慣例之下，如果曹魏得位不正，那麼承繼曹魏的晉

朝不也失了正當性？此外，還有一個小八卦：傳說陳壽家族與諸葛家族曾有嫌隙。這不正是證明個人主觀、政治考量對歷史寫作起著決定性的影響嗎？

文學虛構成就人物經典

千年後，羅貫中不以為然，他視曹魏為「僭國者」，蜀劉才具備繼承漢室王統的資格，於是帶著「尊劉抑曹」的眼鏡重塑人物。毛宗崗的增刪更將人物極端化，因此，我們看到的曹操是一位多疑兇殘、說出「寧教我負天下人，休教天下人負我」名言的「亂世奸雄」。羅、毛小說版本刻意強化劉備的皇室血統、「皇叔」譜系，將劉備塑造成正直仁厚的樣貌；其他的蜀營人物則各個忠肝義膽、文武將才濟濟，如勇謀俱全的戰將趙雲、義薄雲天關二哥、上知天文下知地理、呼風喚雨諸葛孔明；將孫權與曹操暗夜箭襲的意外事件轉嫁成瑜、亮間的較量，幾度較勁之下，周瑜簡直成為氣量狹小、妒才忌能的丑角。

再回到《三國演義》對赤壁之戰的描寫。在虛實交錯的敘事中，不管是利用蔣幹盜書做掉水軍都督，還是火攻、連環計，都是人力智謀所能，都是合理範圍。然而開戰過程，加入周瑜突然意識到冬季北風會將大火吹向自家的這段設計，若沒有諸葛亮借來東風，那一切不就毀了？（陳壽《三國志》直接寫「時東南風急」，並沒有風向險些誤事的說法。）古代沒有科學技術可以改變天候，一個肉身凡人眞的能夠呼風喚雨、逆轉風向嗎？如果沒有諸葛亮的超能神力來改變風向，那麼，赤壁之戰誰勝誰敗可眞難說。在這樣的邏輯之下，諸葛亮就成了赤壁勝利的大功臣了。

羅貫中、毛宗崗美化蜀營人物到超乎凡人的地步，魯迅譏爲「欲顯劉備之長厚而似僞，狀諸葛之多智而近妖」。換個角度說，這便是文學創作之妙，可以寫實，更可以超現實。拿掉種種現實束縛，人物形象可更豐滿具象徵性、劇情可以無盡反轉。說故事的人編得過癮、聽故事的人聽得痛快，這不就是《三國演義》大紅大紫、票房滿座的原因嗎？

當文學作品《三國演義》盛行於民間，成爲閭巷皆知的經典，書中虛構的人物形象，反而取代了正史中的原始樣貌。羅貫中濃筆重彩神化了三國人物。這不，關二哥、諸葛孔明眞的飛升成仙、位尊道教神祇，成爲忠義與智慧的象徵。而會不會只有讀過《三國志》的人才知道，張飛其實並不粗野，甚至是個有勇有謀、愛敬君子的國士將才呢！

明初羅貫中
清初毛宗崗
《三國演義》
曹操
諸葛亮

一個歷史學家只需要轉變觀點、改變視角，就可以創造出不一樣的歷史情境。
海登。懷特

【佳句詞庫】

他便兩脅生翅，也飛不去：就算身體兩側長出翅膀也飛不出去。屬誇飾法。周瑜不相信諸葛亮能完成「三日造十萬枝箭」的艱難任務，欣然想著諸葛亮自找死路，必定逃不出他的手掌心。意同「插翅難飛」。

【跨域閱讀】

1. 陳壽：《三國志》。
2. 張京媛主編：《新歷史主義與文學批評》（北京：北京大學出版社，一九九七年）。

【換你想一想】

看倌們，就是這樣，當歷史撰述牽涉政治認同、當文學戴上歷史的帽子，就會像魔術師變魔術一樣，真真假假、如真似幻；甚至，假作真時真亦成假。

換你動動腦囉！你還知道哪些糾纏著政治認同的文學或歷史著作呢？

【知識連結網】編織知識連結網，訓練思考、增強國寫力。

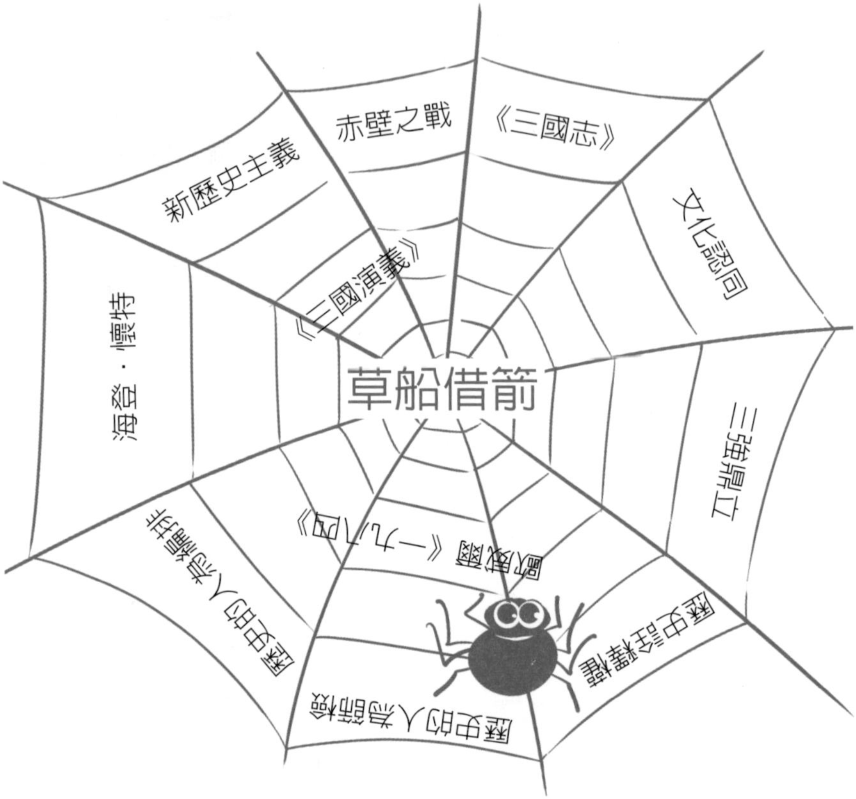

〈桃花源記〉——漁人平庸的邪惡

【思考引導】如果桃花源被找到了，桃花源會有怎樣的變化呢？

【古文超連結】

提到陶淵明，你首先想到的是什麼？田園詩人、隱逸詩人、五柳先生？也許是陶淵明身上辭官歸隱、回家種田做自己的標籤太過牢固，在現代人眼裡反而成爲「躺平主義」先驅。然而，這樣可就把陶淵明想簡單了。人家可不是一開始就打算躺平田園的，陶淵明見過、闖過、憧憬過，經歷世事之後才選擇「做自己」。

一、見過、闖過、憧憬過

陶淵明，名潛，號五柳先生。生長於東晉——劉宋交替時代，雖有個知名的祖父陶侃與外祖父孟嘉，而時勢動亂、變化無常，先人似乎未能累積出足夠的輝煌來福蔭後代。

陶淵明曾說自己「少而貧苦」，經常缺吃少喝不說，冬日也只有單薄衣物蔽身。幸而，物質生活雖然清簡，並未阻斷他好學求知的熱情，六經經典、老莊思想、文史神話等等，閱讀樂趣、知識饗宴，足以讓他忘卻口腹之饑。

父祖的軍功抱負與氣節修養，更是隨著遺傳刻進他的骨子裡。少年淵明對未來有著遠大的憧憬，有仗劍走江湖的想像（「少時壯且厲，撫劍獨行遊」），豪情壯志超越四海八荒，要像雄鷹一樣翱翔高飛（「猛志逸四海，騫翮思遠翥」）。所以囉！有著出仕用世意願，懷著「大濟蒼生」之志，是少年淵明的人生規畫。

然而，他基因裡還蘊藏另一個特質「性本愛丘山」，天生就愛大自然啊！於是，像鐘擺一樣，陶淵明就在出仕濟世與歸園耕讀之間來回擺盪。

出仕與歸耕的擺盪

陶淵明五度任官、五次辭退。出仕期間，深刻體會了狡詐逢迎的官場文化。

三十三歲後，他先後加入桓玄、劉裕軍隊，以冀平亂固國。然而，當桓玄造反篡位、劉裕滅晉立宋，曾經追隨的、以爲是正義之軍/君者，原來竟是滅舊朝而自立的野心家。可以想見，這權欲薰心的人性、詭譎多變的政局，讓仍有著儒家忠君、孝親、信義、誠心思想的陶淵明多麼震驚、灰心，濟蒼生之志彷彿成了笑話。於是，草草找個理由，辭官回家。然而，三餐要顧、妻兒要養啊！爲全家溫飽再求來個彭澤縣令，沒想到，地方小官還是躲不了階級弄權與形式規則。性不喜羈絆的陶淵明終於爆發、嗆一句：「吾不能爲五斗米折腰，拳拳事鄉里小人邪！」（《晉書陶潛傳》）也就是不願意爲了那五斗米的薪水向權貴低頭奉承、爲鄉里小人跑腿做事。當場解下官印，辭官、歸田、做自己。

兩端擺盪的鐘擺終於停止，靜止於田野。

脫離官場樊籠，載欣載奔回歸自然，南山下採菊飲酒，觀賞日夕山嵐、遠村炊煙；閱讀寫作是享受，連狗吠雞鳴都可以是樂音。夏季時分，坐臥窗下，感受涼風徐來，彷彿「羲皇上人」般恬淡、閒適、滿足。

躺平的代價

然而，做自己是要付出代價的。

耕作自給快樂也痛苦，因爲，一分努力未必能有一分收穫。即便日出即下田耕作，月升才荷鋤返家，田園裡雜草仍比豆苗多。務農不需看長官臉色，卻要靠天吃飯，是秋霜夏旱，還是春生冬藏，祭天祈神都未必如人願。挨餓受凍成爲陶家家常也就罷了，竟然還遇上火災，居家草廬盡付盛夏燥火，一家人移居船上長達數月，晚年甚至還曾到鄰家乞食。

對陶淵明而言，身體的勞苦不是苦，只要心不爲形役（心靈不受生活、功名利祿的奴役）、沒有規矩綁縛，便已是人生最大樂事。然而，他的樂事未必是妻兒的樂事。也許可以這麼說，陶淵明在這次的人生抉擇裡自私了一回，他滿足了自己的「想要」，卻虧待了妻兒的生活「需要」。些許愧疚、隱隱矛盾，陶淵明安貧樂道的華袍，藏著小小的、愧疚的蚤。

躺平，是有代價的——要看自己能否減得了物欲、耐得住貧苦；能否在清減的生活中自在快樂；還有，無拖無累！

二、尋找〈桃花源記〉的道德BUG

官場是暗黑詭詐的牢籠，與樂園絲毫沾不上邊；田園即便其樂無窮，仍捱著挨餓凍餒的險。世上既然沒有百分之百的樂園，那就在紙上創作一個世外桃源吧！〈桃花源記〉的誕生，滿足了陶淵明的渴望，也留給後世讀者美好的憧憬。

〈桃花源記〉這樣一篇流傳千古，又被教育體制納入國民教材的名著，歷來的詮解精闢、詳盡且思想正確。先是分析背景與內文，往上溯及老子「小國寡民」的理想世界；往下延伸出青少年的生命教育。我們會問學生：「當生命遭遇困頓時，你會如何化解？」、「請談談你心目中的理想世界。」跨出中國，還有西方類似概念的「理想國」與「烏托邦」可以補充。再輕鬆一點的延伸思考，則結合臉書開心農場或者電影《斷背山》。總之，藉由這篇文章，我們可以欣賞文學之美、勾勒理想世界，也可以返回內心認識自己；確實是內外飽足的心靈饗宴。

然而，〈桃花源記〉讀到這裡就結束了嗎？我們就停留在樂園美好、排遣現世苦悶的高級紓壓就夠了嗎？當陽光積極、高大的光芒灑滿課堂，有沒有人發現文中不甚合理的ＢＵＧ？

下課後，讓我們玩一下「藍色蜘蛛網」式的人性暗黑哏吧！且讓我們前情提要一番：

〈桃花源記〉描寫晉代漁人某日沿溪溯行，穿過遍植兩岸的桃花林，發現山裡閃著亮光的洞口，誤打誤撞地進入了桃花源。桃花源是個「土地平曠，屋舍儼然，有良田美池桑竹之屬」的純樸農村，源區住民怡然自樂，孩童歡跳唱歌、老者悠哉閒散。桃源人對於這個突然闖入的外人充滿好奇、爭相宴請，「設酒殺雞」美食招待。數日後，漁人告辭將去。桃源人交代說：「不足為外人道也。」漁人踏出源區，乘船離去之時，「處處誌之，及郡下，詣太守」。太守一聽說此神祕國度的存在，很有效率地「即遣人隨其往，尋向所誌」。

等等等等——故事讀到這裡，沒有發現什麼不對勁嗎？

當你陶醉在陶淵明流暢的故事節奏與隱世祕境時，你是急著想知道故事結局——太守等人有沒有找到桃花源？——還是如同秒針漏拍、程式出錯一般感覺到BUG？

說好的誠信呢？

無意間進入桃花源並受到熱情款待的漁人，離去時竟然瞬間遺忘桃源人「不足爲外人道」的囑咐，一出源區便沿路做下記號；回到郡邑立馬奔赴拜見里長。這……？這……？不是才剛說好不需要讓別人知道的嗎？說好的誠信呢？

孩子，還記不記得孔夫子的叮嚀：

與朋友交，言而有信。（交友往來要有誠信。）

君子義以爲質，禮以行之，孫以出之，信以成之。君子哉！（尊崇道義、行事合禮、說話謙遜、做事守信，才是眞君子！）

老子也提醒過「輕諾寡信」的問題，連小學生的公民與道德課，也會諄諄教誨「守信」應當是爲人基本的內建品格。「不足爲外人道」這一句話，在漁人耳裡，竟是這麼輕飄飄、無關緊要？有鑑於〈桃花源記〉是給十五、六歲青少年閱讀的國民教材，我實在忍不住想要小小提（譴）醒（責）一下：漁人不重然諾，不是模範生的範本。

另一個問題更讓人背脊發涼：如果桃花源被找到了呢？

先別急著往下讀，請先想像一下：

如果桃花源被找到了，桃花源會有怎樣的變化呢？

可能之1：

可能之2：

如果桃花源被找到了呢？

承接前文，漁人不僅通報里長，還讓里長帶領民眾、媒體搜索祕境啊！漁人的心態爲何？好東西與好朋友分享？大愛大同、希望大家都能進入桃花源共享安樂？或者謹守公民職責，通報最新發現的新大陸、異人類？

試問，如果桃花源被找到了呢？門戶洞開的桃花源還會是桃花源嗎？假設太守尋訪有果，使得桃花源祕境公諸於世，故事將會有如何的發展？居民快樂指數百分百的桃花源，成爲治官們競相觀摩造鎮的模範城市？桃花源成爲最宜居城市首選？桃花源會被發展成觀光地區嗎？飽受戰亂的人們會爭相移民桃花源嗎？至此，桃花源還是桃花源嗎？桃花源五百年來的靜謐安樂還能繼續嗎？

想到這裡，耳邊彷彿聽到司馬中原爺爺說著：「恐怖喔！恐怖到了極點！」漁人看似平凡尋常的公民通報行爲，讓我想起美籍猶太裔漢娜·鄂蘭（Hannah Arendt）所提出的「平庸的邪惡」之說。

三、邪惡的平庸性（Banality of evil）

二次世界大戰時，納粹德國對猶太人進行系統化的種族滅絕屠殺，納粹黨衛軍少校阿道夫·艾希曼

（Otto Adolf Eichmann）作爲「猶太人問題最終解決方案」執行者，將百萬猶太人送入死境。

二戰結束，納粹垮臺後，艾希曼隱姓埋名，潛逃阿根廷定居，於公元一九六〇年遭到綁架式的逮捕，並以飛機運載到以色列監禁。隔年，艾希曼以反猶太罪、反人類罪等十五條罪名被起訴，於耶路撒冷法庭進行審判。

法庭上，艾希曼極力否認罪行。他表示自己並不憎恨猶太人，更沒有下令殺人，所有被視爲罪惡的行爲，沒有一項是出自於己身意志；而是因爲自己具有守法的美德，一切只是「服從上級命令」、「履行職務」，一心想得到長官的認可進而升官晉爵而已。

針對此案，出生於德國的政治哲學家漢娜・鄂蘭，以《紐約客》特約記者身分，全程旁觀聽審，最終將審訊過程與自己的觀點與評論，寫成《艾希曼耶路撒冷大審紀實——平凡的邪惡》一書。書中提出「邪惡的平庸性（Banality of evil）」一說，引發極大迴響與討論。

漢娜先是感嘆，被視爲猶太劊子手的艾希曼，平凡如路人：

> 此時正坐在防彈玻璃箱中是個半禿的中年人，身高中等、體型瘦削，戴一副近視眼鏡，牙齒不太整齊，從頭到尾都伸長細瘦脖子朝法官席觀望。……大致來說，審判過程中他都能

我將遵守命令，將所有人送往集中營。

缺乏思考判斷的能力便是平庸，即使是普通人，也會釀成災難。
漢娜。鄂蘭

保持自制冷靜。[1]

就外表看來，艾希曼是一個「既談不上邪惡，也非虐待狂」，看起來極正常，甚至正常得讓人害怕的一般人。而這樣的普通人，竟然因為盲目信奉某種美德，失去道德判斷能力、不分是非善惡，親手葬送百萬人命而不以為意。

是以，邪惡並非專屬於極權殘虐的暴君，它更可能平凡無奇地隱身於任何一個普通人身上。關鍵點不在於是否心存惡念、蓄意傷人，只要是不經思考評斷，便是一種思考無能的平庸，而這種平庸同樣能做出最邪惡的事，造成巨大的毀滅。

這場審判還讓漢娜思考另一個問題，即做出惡行的主觀因素、犯罪意圖。漢娜表示，現代法律體系都有一個假設，即「蓄意為惡」才是構成犯罪的要件。只要沒有主觀蓄意的成分，不論是出於何種原因，哪怕是沒有道德判斷能力、無法分出好壞，法官們通常會做出無罪判定。

對此，漢娜嚴厲反對！她說，既然艾希曼涉入要讓某個特定的種族從地球表面消失的計畫，甚至扮演了核心角色，那麼，他也必須被消滅。因為：

1 《平凡的邪惡》，P.17。

正義必須伸張，且必須光明正大地伸張。[2]

漁人？還是愚人？

認識了「邪惡的平庸性」觀點，讓我們再把焦點轉回漁人。文章中的漁人是怎樣的人物設定？是純眞樸實之人、還是諧音影射的愚人？

我們相信漁人當然不是壞人，他也沒有要破壞隱世樂園的邪惡意圖，然而他經過一秒鐘的判斷與思考嗎？他思考過桃花源幾世紀的安樂和平，可能會因爲這無心或公民忠誠的舉動而毀滅嗎？

「漁人」因爲無能思考而驗證了「愚人」的語音影射，也成了漢娜・鄂蘭筆下「平庸的邪惡」的範例。

【佳句詞庫】

阡陌交通，雞犬相聞：田間小路交錯相通，可以互相聽見雞鳴狗吠之聲。陶淵明用以形容桃花源裡住家鄰近、人際往來頻繁且和睦。此典故出於《老子》：「鄰國相望，雞犬之聲相聞，民至老死不相往來。」是老子「小國寡民」的理想世界。

2 本段與引言，參考自《平凡的邪惡》，P.305～306。

【跨域閱讀】

1. 漢娜・鄂蘭（Hannah Arendt），施奕如譯：《艾希曼耶路撒冷大審紀實——平凡的邪惡》（臺北市：玉山社，二〇一三年）。
2. 徐林克（Bernhard Schlink），張寧恩譯：《我願意爲妳朗讀》（臺北市：皇冠，二〇〇〇年）。

【換你想一想】

古往今來，曾經發生過哪些類似漁人無能思考、像納粹屠殺的集體瘋狂事件？或者以美德之名、守法之名，卻損害他人權利甚至性命的事件？

【知識連結網】編織知識連結網，訓練思考、增強國寫力。

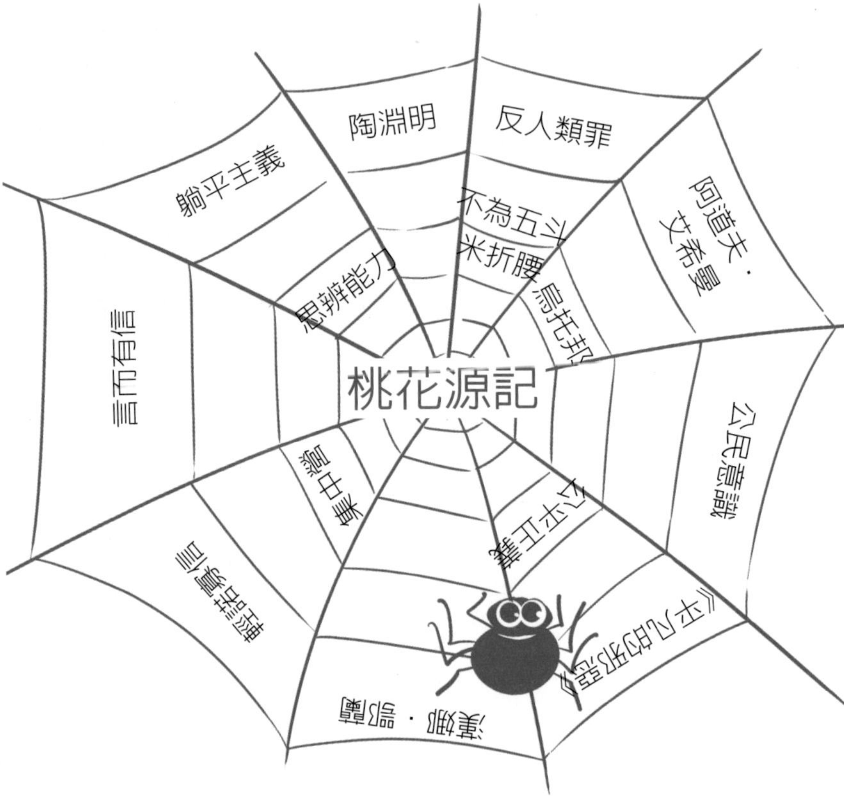

〈赤壁賦〉

——別再ＥＭＯ了，長生不老的時代來臨了

【思考引導】長生不老可以解決吹簫客的憂鬱嗎？

【古文超連結】

說到蘇東坡，你腦中浮現的是什麼畫面？是他的詩詞？性格特質？還是一路衰到掛的貶貶貶命運？

一、英才貶貶貶

漢魏時期有三曹，宋代也有一門三傑的三蘇：蘇洵、蘇軾、蘇轍。

蘇洵少年時追求逍遙生活，至二十七歲才發憤苦讀，屬於大器晚成類型。蘇洵的兩個兒子就不一樣了，由母親教養的蘇軾、蘇轍兄弟，約二十一歲同登金榜、轟動一時。蘇軾更是僅憑一紙試卷〈刑賞忠厚之至論〉，讓當時主考官歐陽修直言：「老夫當避路，放他出一頭地也。」

苦難對於天才是一塊墊腳石

蘇軾本以為遇上伯樂，自此要平步青雲了，無奈遇上「王安石變法」，當用意良善的治國策略演變成公報私仇的新舊黨爭，北宋國力都活活耗損殆盡了，何況耿直不群的孤鳥蘇軾。從孤立詆毀、誣陷走私到羅織文字獄，烏臺詩案終於將蘇軾推向鬼門關口。遺書都寫好了的蘇軾，雖因曹太后保薦大難不死，卻也沒有後福人生，此後等著他的是貶貶貶、一路衰到掛的人生路途。

謫居黃州後，蘇軾思想上有了轉折，青年時期經世濟民的儒士宏願，漸漸轉入佛道的超脫順變。如同巴爾札克所說：「苦難對於天才是一塊墊腳石。」政治的失意反而成就蘇軾文學的高峰。課本選錄的〈承天寺夜遊〉與〈赤壁賦〉，正是此時期的作品。

蘇軾這般非凡才幹，卻配上歹運連連的命，得要多強大的心靈素質才能不罹患憂鬱症啊？幸好現實的艱難並沒有磨損他生活的樂趣，他興趣廣泛、性格勤快，熱衷DIY，舉凡釀酒、品茶、煮食、食療養生等等，多有研發，很是講究。更讓人想不到的是，他還練瑜珈（打坐、吸呼吐納、冥想）、煉丹服丹藥呢！

〈赤壁賦〉中，當簫聲鬱鬱、好不哀戚的吹簫客，因生命與榮華終會消逝而EMO時，蘇軾即時化身張老師，祭出一帖「變與不變」的心靈雞湯，應當可以阻止許多悲觀者「不想努力了」以及「躺平」的打算吧！然而，「變與不變」思維純屬抽象、哲學層次，得要腦袋靈通的人才發揮得了療效吧！因此，我無厘頭地猜想，蘇試心底更真實的OS會不會是「別

吹簫客
古今豪傑豐功偉業又如何？終究成為白骨一副，灰飛煙滅。

急、別急，我正煉仙丹呢！」是的，別以爲只有秦始皇尋找長生藥方，文藝天才蘇軾也洗手煉仙丹呢！他在前、後〈赤壁賦〉都透露出對神仙的嚮往，你發現了嗎？

回顧文章，哪幾句詞彙或情節與仙界有關呢？

大詞人的神仙夢

浩浩乎如馮虛御風，而不知其所止；飄飄乎如遺世獨立，羽化而登仙。

哀吾生之須臾，羨長江之無窮。挾飛仙以遨遊，抱明月而長終。

前〈赤壁賦〉裡，與蘇軾一起夜遊赤鼻磯的吹簫客，據說便是道士楊世昌，他因英雄不世而忍不住吹奏哀樂，心裡感嘆人類渺小、壽命短暫，羨慕起長江、大自然的無窮盡，渴望能夠與仙遨遊、伴月以終。

這是蘇軾藉友人之口道出長生、成仙的願望嗎？

三個月後，蘇軾舊地重遊。時值秋夜，景色更爲蕭索淒寒，蒙茸巉巖山壁之間，突然有「翅如車輪，玄裳縞衣」（翅膀像車輪一樣大，尾部黑色羽毛如同黑裙子，身上的白色羽毛像素白的衣衫）的孤鶴，戛然長鳴、掠舟而去。當夜蘇軾便夢見兩位羽衣翩躚的道士問候。

夜見孤鶴、夢遇道仙，洩漏了蘇軾潛意識裡修練成仙的意念嗎？

蘇軾的養息、煉丹時光

蘇軾煉丹服藥眞的是爲了成仙嗎？倒也未必。療養身體、轉移挫折的心靈安頓，以及偏鄉官職的散閒娛樂，可能是最主要的原因。

先從練氣養息說起吧！蘇軾兩兄弟都是靜坐養息、食療養生的愛好者，蘇轍因此治癒腸胃與咳嗽舊疾，蘇軾長年的痔瘡之苦也得以舒緩。此外，蘇軾也熱衷呼吸吐納之法，甚至曾在黃州道觀閉關靜心長達四十九天。

他在〈上張安道養生訣論〉中提到自己的養生方法：一點以後起床，盤坐，叩齒三十六遍；閉息內觀、呑嚥唾液，如是反覆再三；再以手摩擦腳心、丹田、腰椎，至眼、面、耳、頸；按捏鼻梁、梳頭百下；整套從頭到腳、從裡到外的操作之後，即可熟睡到天亮。多日施行下來，蘇軾覺得自己「去仙不遠」，推薦此爲「長生之根本」。

此外，蘇軾煉丹也頗爲專業。他曾向武昌太守討要丹砂方子，在雪皋亭闢室煉丹。《東坡志林》載有〈陰丹訣〉、〈陽丹訣〉兩則雜文，此二丹藥成分頗爲奇特。「陰丹」以母乳爲主要成分，用朱砂銀製

成的鍋匙熬煮攪拌，慢火熬煉成丸狀，和酒服下。「陽丹」則是將尿液中的蛋白沉澱物，多次篩濾成白色無味的粉狀物，加上棗泥研揉成丸，和酒服下。

這配方如何？爲了長生，你可願一試？其實蘇軾算是理性的，他雖然在給王鞏的信中講述自己服用軟朱砂膏，「甚覺有益利，可久服」，然而，蘇軾還是有所節制與嚴管品質的，他不會服用別人送的來路不明、品質較差的丹砂。他燒煉次等丹砂，只是用來觀賞烈豔的火光幻彩。

其實，不管是服丹養生，還是夢想成仙，這在古代一點都不稀奇。對蘇軾來說，得遇明主便入世濟民、志不得伸則出世逍遙。不論是釀酒品茗、煉丹靜坐、大啖地方特產，無一不是樂趣，這便是他隨遇而安、超然曠達背後的生活智慧。

二、不死與成仙的文學想像

也許是時間驗證了長生不老與成仙的虛幻性，自有明文記載以來，你有見過哪個人終生童顏或者活過幾百歲呢？永生與成仙尚未成眞，不如我們從科幻小說來想像長生的祕訣。

以科幻小說聞名的香港鬼才倪匡，創造了衛斯理與原振俠兩個經典人物，帶領讀者覽盡宇宙奇妙。在他筆下，各式外星人、地底生物、天人、動植物合體的第二種人……等等，無奇不有，儼然眞實存在；甚至於透明人、肢體分離人、預知未來者，也在衛斯理親身歷險後的解說之下，顯得合情合理彷若眞有其事。永生與成仙議題，當然也逃不過倪匡的奇想幻筆。

倪匡《不死藥》

南太平洋的漢同架島上盛產一種樹，其樹幹流出的白色汁液具備細胞再生和抗衰老功效，除了能防止細胞衰老之外，身體上的任何傷口，也能因細胞超強再生能力而迅速癒合。因此，服食此汁液便能達到永保青春與長生不死的功效。

然而，此物有兩大局限：其一，心臟不在再生痊癒之列，心臟受創仍會死亡；其二，必須持續服食，一旦停用，腦幹將會僵死而變成永久癡呆。

香港人駱致謙誤闖該島發現祕密之後，找來富商波金合作，企圖控制當地土著，並著手開發不死藥。

他倆幻想的不僅是源源不絕的財富，更是藉此掌控世界的無上權力。

《不死藥》以一場死刑前的劫獄展開故事，情節曲折多反轉，一點都不輸時下爽劇。而且，所謂「不死藥」是存在於地球某角落未被人發現的樹種，全書沒有離奇科幻的人與物，使不死藥的存在更具眞實性。

倪匡《神仙》

倪匡另一部作品《神仙》，則嘗試以科學理論詮釋成仙的可能性。

《神仙》主角是六十九歲、頭禿體衰的鑑古專家賈玉珍。他在某次收購古物生意中，發現了藏在古董屏風夾層裡的「玉眞天露丹」以及「仙籙」。賈玉珍依循仙籙指示服丹練氣後，禿頂生髮、返老回春猶如不惑之年。幾年後再找到修仙祕笈中冊，透過進階版的靜坐、

吐納、練氣，賈玉珍回復成二十歲青春少年郎。不合常理的逆生長現象，使他遭到東德和蘇聯特務綁架，要求他交出逆齡長生祕方，以圖永久軍事霸業。遭到監視扣押的賈玉珍，使計半逼迫半哀求衛斯理助其脫險。歷經險阻後，他如願在青城山找到修仙祕笈下冊，並且與東漢末年便得道的神仙永居仙山。

在這個故事裡，相信外星人存在的衛斯理，卻死也不相信回春與成仙，找盡各種科學方法解釋返老還童的原理。如所謂仙丹，只是透過抗衰老素抑制人體細胞衰老，加上練氣養生延緩衰老速度。衛斯理找來幾位世界權威醫學專家為賈玉珍做體檢，發現他的身體細胞以低於正常人一千倍的緩慢速度活動，消化系統幾乎停頓，一次吸氣可以維持普通人百倍以上的需求。

故事最後，東漢神仙用現代人可以理解的邏輯，向衛斯理解釋了神仙穿越空間的原理：運用能量，把空間做有限度的轉移。如人持續前進，可是空間卻一直在做反方向的轉移，就像人在跑步機上只是原地跑步，永遠不能前進。因此，只要掌握空間轉移的能力，就可以突破空間的限制；而空間的轉移，連帶突破時間的限制，穿越時空因而變可能。

傳說中的點石成金又有何科學解釋呢？東漢神仙以意念傳達：人體一旦修練成仙體，便具有匯聚四周能量的能力，此巨大能量能夠衝擊元素、改變原子結構，元素的原子排列一旦改變，自然成為另一種元素，石頭自然不再是石頭。

聽懵了的衛斯理於是做出結論：「神仙，就是掌握宇宙無窮無盡能量的人。」[1]以上兩部小說結合了植物、醫學、宗教、物理等學科。倪匡小說多麼符合一〇八課綱的素養與跨領域的要求啊！

三、長生不老的時代來臨了！

別急、別急，別說文學虛構只能過過長生不老乾癮，真正長生不老的時代要來臨了。

「科技狂人」伊隆・馬斯克

有「科技狂人」之稱的伊隆・馬斯克（Elon Musk），致力於把科學幻想變成現實，稱他是人類未來世界的設計師也不為過。

他參與的產業極多，如「SpaceX」科技探索公司，以回收火箭、降低太空運輸成本為目標，除了發展太空旅遊更要開發火星移民計畫，預計二〇五〇年建成自給自足的火星城市；建設星鏈（Starlink）衛星系統，計畫發射上萬枚通訊衛星，提供全球網路服務，不僅可使全球網路無死角，更在二〇二二年的烏

1 以上內容參考自倪匡小說《不死藥》、《神仙》。

克蘭對抗俄羅斯入侵戰爭中提供援助，幫助烏克蘭能夠迅速恢復被導彈破壞的通訊系統，並使訊號不易受干擾；「Tesla」特斯拉電動車以及「SolarCity」太陽能發電公司，可以降低石油依賴、減少污染、推動清潔能源。「The Boring Company」挖掘隧道，構築地底交通網絡以解決城市壅堵問題。

長生不老的科技實現

馬斯克參與的產業中，與長生議題相關的則是二〇一六年成立的「Neuralink」——腦機介面（Brain-Computer Interface，簡稱 BCI）研發。即在大腦皮層植入具有一千零二十四根電極的N1晶片，建立大腦與外來機械雙向交流的介面橋梁。

「Neuralink」成立之初是以醫學發展爲目的，腦機對接若是成功，則腦波得以控制外部智慧裝置，便可以讓脊椎神經、肢體損傷的人，以腦波操作機械肢體而恢復功能；阿茲海默、記憶衰退等腦功能受損者也能大幅改善。試想，若是機械真能取代器官功能；器官可以時時更新、不怕衰老壞死，那不等於可以延長壽命嗎？除此之外，晶片還能控制「血清素」等物質，解決焦慮與憂鬱症，讓人永保幸福感。長壽又保有幸福感，多美好的人生啊！

「Neuralink」的腦機對接，不僅是單向的腦波控制機械，同時也反向地要讓機械能夠識讀、存取腦內資訊，並儲存於晶片或網路。於是記憶可以備份，思想與人格特質得以分析模擬。此技術如若成功，便可能實現「意識永生」、「虛擬永生」圖景。

聽起來設計很完善、願景很美好，但研發結果如何呢？

二〇二一年，「Neuralink」發表了「Monkey MindPong」實驗成果。腦中植入N1晶片的猴子，在遙控桿連接器被拔除的狀態下，仍能以腦波控制進行乒乓球的電腦遊戲。發表會上，馬斯克宣告即將進入人體實驗階段，也公開了專爲此植入晶片手術而設計的ＡＩ醫生，表示內建功能完備的神經外科手術機器人，能夠降低開腦手術中的風險，未來，植入晶片等同於雷射開刀這樣的小手術而已。

二〇二二年七月，馬斯克更在與Billy Markus的對話中透露，他已經將自己大腦訊息上傳雲端，並且和虛擬的自己進行對談。

好炫啊！炫得我這文科腦似懂非懂、目眩神迷。

總而言之，長壽與永生，已經從幻想虛構進入科學研發階段了。〈赤壁賦〉中的吹簫客，可以不用哀傷生命短暫、羨慕長江無窮了。

四、你真的想要長生不老嗎？

腦機介面的技術，雖然是以造福病患爲初衷，實驗過程中還是引發了虐待動物以及違反科技倫理的批評。晶片的植入與腦內資訊的對外存取，都可能衍生成思想的控制與再造。

數位永生也存著爭議，不管是輸出個人意識、記憶、行爲，形成意識永生，或是上傳並編輯影音內容，由AI模擬並創造出擬眞的角色，使死者得以再現於電腦介面。這些技術成熟之後，AI是否生成自主意識，對人類產生影響？「數位復活」模糊了生死界線，是否對死亡文化、價値觀、宗教形成衝擊？甚或，硬邦邦、冷冰冰的數位親人具有多大意義？反之，也有人認爲，這某種程度上的「死而復活」，是對痛失至親者的慰藉與福音。英國影集《黑鏡》、中國電影《流浪地球2》，已出現這種復活數位親人的情節；臺灣音樂人包小柏更是積極操作，冀使早逝的女兒能夠數位復活，一解思念與哀慟。

不管是哪一種類型的永生，衍生的問題都不容小覷，如人類壽命無限延長，哪些產業可能受到影響？人口飽和與資源缺乏問題該如何解決？趕得及外星移民配套嗎？長生不老的開發，如果是掌握在商人手上也就罷了，頂多當成是研發成功的財富回饋，但若是掌握在權力慾望深沉之人手上呢？前述倪匡小說已經有個悲觀的預告。

再回到歷史來玩玩假設遊戲。秦始皇應是尋找不死藥的始祖，如果他找到了呢？秦始皇短短的帝王生涯裡，已經創造出萬里長城、秦直道、統一文字、焚書坑儒等驚人政績，那麼，永生的歲月裡，他還會有哪些驚人之舉呢？中國將會如何變化？同樣的，如果曹操也永生了呢？他會繼續忠誠於漢臣身分，只求過足「挾天子以令諸侯」的癮就好，還是終究實現帝王野心？而以他的梟雄之才，能永霸天下嗎？中國朝代發展又將改寫成什麼面貌呢？

發揮一下想像力吧！請選擇一位歷史人物，假設該人物已具永生之軀，他將造成歷史發生怎樣的轉折變化？

【佳句詞庫】

寄蜉蝣與天地，渺滄海之一粟：人生如同蜉蝣寄居於廣闊的天地，也像滄海中的一粒粟米那樣渺小。蘇軾以無垠無涯的大自然為喻，映襯出人類之渺小、壽命之短暫。莊子「人生天地之間，若白駒之過隙，忽然而已。」同樣是比喻人生短暫。

【跨域閱讀】

1. 倪匡：《不死藥》、《神仙》，（臺北市：風雲時代，二〇一六年）。
2. 華特．艾薩克森著，吳凱琳譯：《馬斯克傳》（臺北：天下雜誌，二〇二三年九月）。

【換你想一想】

根據美國喬治亞大學麥卡錫（David McCarthy）研究，人類壽命有延長跡象。麥卡錫預測，不久的將來，男性的平均年齡可能為一百四十歲，女性則為一百三十歲。請你以此年齡為準，試著為自己做一完整的生涯規畫。

【知識連結網】編織知識連結網，訓練思考、增強國寫力。

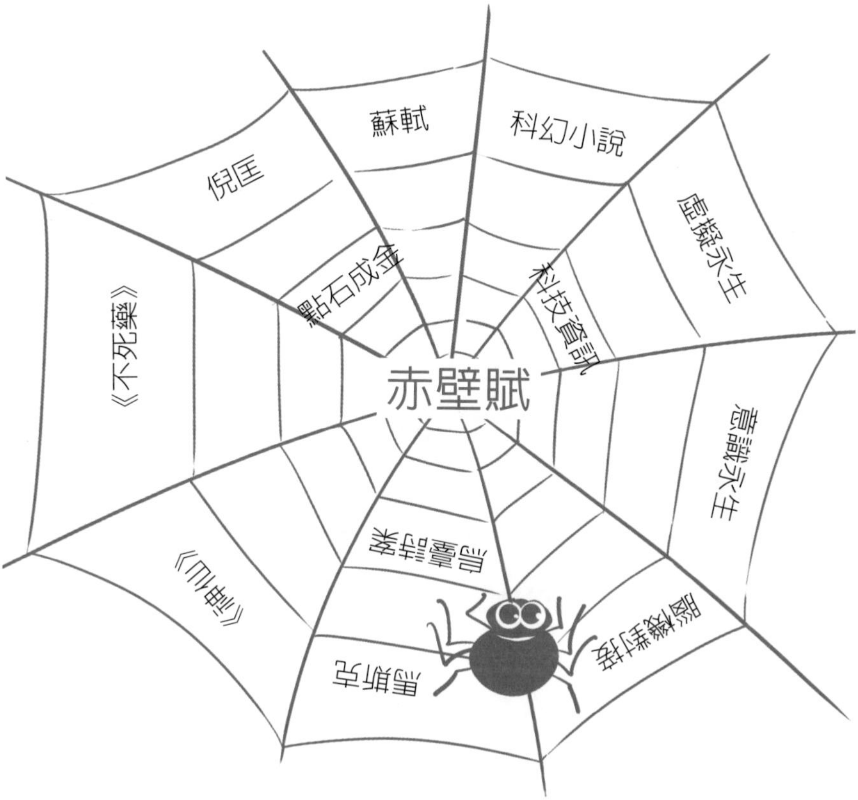

〈師說〉

——注釋要背，大學問更不可廢

【思考引導】你都怎麼讀古文？只把它當成遠古奇觀嗎？有沒有試著把它放到現實／現代的情境中？

【古文超連結】

讀了正經八百的〈師說〉、〈進學解〉，你會不會以為韓愈只是個喜歡說教的老學究？蘇軾對韓愈推崇備至，所謂：「文起八代之衰，而道濟天下之溺；忠犯人主之怒，而勇奪三軍之帥。」前兩句讚仰韓愈的文學成就與影響；後兩句則說出文豪的另一面——耿直勇敢的鋼鐵直男。

一、鋼鐵柔情韓昌黎

韓愈身世算是孤苦的吧！三歲之前，相繼失母喪父，韓愈由大他三十歲的長兄撫養，與侄兒韓老成（十二郎）一起成長，情同手足。十四歲時，時值壯年的長兄病死，餘下長嫂獨力撫養兩位少年。為報答長嫂並擺脫貧困，韓愈奮發勤苦通讀六經、百家之學，卻仍於科舉失利，甚至數度落榜。二十五歲雖中進士，但未得官職。兩年後長嫂去世，韓愈寫〈祭鄭夫人〉細數長嫂如母親般的勞苦慈愛，自己回報不及，願為其服喪一年以全孝道。

三十四歲，韓愈終於通過吏部考試，正式進入中央任職，擔任教育機構「國子監四門館博士」，並收授門徒獎勵後進，這些學生便成為日後古文運動的樁腳、基本盤。

祭文寫手

兩年教職下來，讓韓愈對當世「恥於從師」的流風深生感慨，因而寫作〈師說〉。同年，韓老成死，韓愈寫下「祭文中千年絕調」的〈祭十二郎文〉。南宋學者評說：「讀韓退之〈祭十二郎文〉而不墮淚者，其人必不慈。」也就是說，這篇文章被當成檢驗爲人慈或不慈的閱讀試卷。

順帶一說，韓愈可是撰寫墓誌碑銘的知名寫手呢！稿酬怎麼算？據韓愈友人劉禹錫爆料：「一字之價，輦金如山。」

韓愈的感性不僅用在親人身上，他聽聞洛陽地方官盧貽因爲民請願、憂憤致死，便至靈堂弔唁、哀慟大哭。至情至性之舉感動盧家，便主動促成姻緣，韓愈情深義重的妻子盧氏便是這樣得來的。

韓愈感性重情，更是個耿直不怕死的鋼鐵直男。他的字典裡沒有「怕」，只有「敢」這個字。他對事不對人，只要他認爲對的事，管你是位高權重的天皇老子，還是聽不懂人話的河裡惡鱷；用說的、用寫的也要槓到底。

吹哨勇者

貞元十九年（韓愈三十六歲），京城因大旱而鬧饑荒，在百姓民不聊生之際，京兆尹（市長）李實不僅隱匿災情，甚至還橫徵暴斂、搜刮民財。韓愈上書揭露實情，並請求暫停徵收賦稅。作爲戳破太平假象的吹哨者，韓愈不是升官而是貶降爲陽山縣縣長。當然，這是李實陰謀報復導致的結果。貶調就貶調，韓愈擔任陽山縣長，勤政愛民，深得百姓愛戴，沒幾年便調回首都長安，並且一路升遷。

然而，耿直的韓愈總是學不會教訓。

諫君主、嗆佛祖

元和十四年（韓愈五十二歲），篤信佛教的憲宗皇帝打算將釋迦牟尼佛佛骨迎入皇宮供奉，向來「尊儒抑佛」的韓愈上書〈諫迎佛骨表〉表示反對。跟皇帝唱反調也就罷了，話還說得很不中聽，如歷代信佛的帝王都不長壽；愚民百姓群起仿效，斷臂自殘以供佛，廢棄本業；最後還給出將佛骨棄擲水火，永絕根本的提議。妥妥的滅佛言論啊！不過，韓愈有骨氣，文末還補上「文責自負」的宣言：「如果佛真有靈，要降災懲戒的話，我韓愈承擔報應，絕不後悔！」唉！咱一般人求佛媚神都還來不及，韓愈勇到嗆佛、釘孤支啊！

得罪首都市長事小，讓皇帝生氣可是不得了的事。這次的諫佛事件，讓韓愈差點人頭落地，幸因同僚解救才改爲貶謫潮州。

貶謫荒涼潮州，也許對當時的韓愈來說算是仕途舛厄的一部分；然而，潮州刺史的政績，卻使韓愈的身後名聲與影響，由文學圈、教育界開展到偏鄉與普羅百姓。他對抗陋習釋放奴婢、自掏腰包興辦學校已是巨大貢獻；寫寫文章、威嚇勸導，竟然就將當地長年禍害百姓的鱷魚驅逐出境。你看看、你看看！誰說文學無路用的？連動物都能受到感化啊！一年後，韓愈又調回長安了，升任國子監祭酒（國立大學校長），潮州居民感念韓愈德政，建祠堂、改姓名，形成潮州山水百姓皆姓韓的盛況。

宣撫叛亂、化解干戈

長慶二年，五十五歲的韓愈已升官至兵部侍郎，也許是這個相當於國防部副部長的職掌，韓愈被派遣到鎮州宣撫叛亂。這可是賭命的差事。在驕兵悍將、刀槍環伺之下，這位外表文弱內裡剛強的書生，鎮定自若、侃侃論理，最終說服了凶狠叛將王庭湊止兵，不費朝廷兵卒便化解干戈。

總結韓愈一生，直諫皇帝、入叛營勸降，都是拿生命對賭的勇事。然而韓愈生命裡最受爭議的其實是「抗顏為師」這事，這可是跟整個社會風氣對抗。沒有強大的心理素質、鋼鐵意志，哪能扛得住。

二、師者，從神壇到講臺

韓愈之前的師生關係是怎樣的呢？

天、地、君、親、師

在儒家體系裡，天、地、君、親、師是並列的。師者，是人倫關係中極重要的一環。《禮記》記載：「事師無犯無隱，左右就養無方，服勤至死，心喪三年。」（侍奉教師，對其過失，不可直言指責，但也不可隱晦不談，師逝後，心傷三年。）孔子去世，諸多弟子守孝三年，子貢則守墓六年。荀子說：「國將興，必貴師而重傳。」、「國將衰，並賤師而輕傳。」尊師與否關係著國家興衰（這擔子多重啊）；此外還有「一日為師，終生為父」的說詞。

這樣看來，你對比出韓愈的謙遜，以及〈師說〉裡的前衛性了嗎？

韓愈被嘲諷為具有「好為人師」的毛病，看起來很愛說教、很會拿翹。實際上，曾任教授（國子監博士）與國立大學校長（國子監祭酒）的他，一點都不擺老師架子，也沒有藉職務權勢，把師者「再」推上與君、父並列的至尊神壇。而〈師說〉對師者的闡釋可是稍具前衛、小有顛覆的。

從師學，是為了讓自己更上一層樓

你有沒有注意到？在當時「恥於從師」流風之下，〈師說〉言論雖然延續儒家尊師重道傳統，但重點不像古人那般，強調要「事師如父」、說一些「輕賤師道，國將衰弱」這些可能導致他人反感的話。

韓愈強調的是「從師學」。也就是說，從師的目的是爲了學習，學習是爲了自己智慧的提升；不聰明又恥於從師學者，腦袋空空，小心會變阿呆。

「師者」之所以爲師的必備條件，是具備更高深的「道」與「術」。因此，師者存在的首要價值，是爲人解惑、傳承道統。你覺得，這樣說起來，「師者」是不是更像工具人？

打破師生年齡、地位的框架

韓愈對於師者的定義是：不管貴賤長幼，只論其專業性以及學道先後。專業者爲師、學道先者爲師。以現實情境做比喻的話，音樂神童莫札特可以當任何一位音癡成人的老師；數位原生代、精通3C與電腦程式的高中生，也可以是五十歲3C小白的老師。

韓愈引述孔子的話：「三人行，必有我師焉。」這話隱而未宣的前提是：絕大多數的人都有所長，有專長便具備爲師的資格。所以啊！你旁邊那個上課發呆的同學、留守球場不想回教室的同學，都隱藏著你所不會的技能，都可以是你學習的對象。所以說，周遭臥虎藏龍啊！

「弟子不必不如師，師不必賢於弟子」這一說，在現代可能只是open mind的論調，但在古代可是頗具顛覆意味的。不僅委婉地告誡士大夫貴族，不需恥於從師（給貴族們臺階下啦），打破了師者必是全能之才，學生必然事事略遜於師的兩極刻板印象，解除了師生高低位階的固化框架，也大大地肯定了學習績效、肯定了人的向上潛質。換個角度看，這兩個概念合起來，與李白「天生我材必有用」是不是有八十七分像？多勵志啊！快想想你有哪

韓愈
讀書不要只背解釋翻譯，要轉化成生命智慧啊！

項專長可以招收門徒、供人學習的。可以說，韓愈爲了讓士大夫放下身段從師學，讓他們長在頭頂上的眼睛能看到師者的價值，而煞費苦心。

此外，〈師說〉還有一個重要的叮囑：從師學千萬不要「小學而大遺」，只在句讀、注釋上花心思，卻忘了更大的義理智識。本末倒置可就虧大了。

老師說的話要聽！所以，我們就來旁聽一門大學問的課吧！

三、最後十四堂「生命的意義」的課

這是眞人眞事。這是一位學生向他的老師學習生死之道的紀錄。

一對闊別十六年的師生，再度重逢時，一位埋首工作追逐成就來滿足自己；一位則患了ALS（肌萎縮性脊髓側索硬化症），只剩兩年壽命。兩人再度聯繫後，教授墨瑞邀請學生米奇每個禮拜二來看望他，就這樣，米奇參與了墨瑞走向死亡的歷程，每週一次會談，也相當於修了教授的最後一門課。

這門課，一師一生。教室就在墨瑞教授家的書房，窗外可以看見一小株芙蓉。授課時間爲每個星期二，每週一個議題。

米奇這位學生從墨瑞教授身上看到、學到什麼？

米奇看到墨瑞如何面對迫在眉睫的死亡：不讓自己耽溺在自悲自憐的情緒裡，決定利用剩下的時間來研究自己的死亡。墨瑞甚至說自己幸運，有充足的時間說再見。米奇也看到墨瑞爭取每分每秒和家人朋友共度的時光，這讓米奇警醒到自己每天花數小時在關注社會八卦，對那些與自己毫不相干的人的人生戲碼樂此不疲；反之，墨瑞這位教授、等著死神降臨的人，要教導他的學生些什麼？

教授說：生命中最要緊的事就是學著付出愛，以及接受愛。

當時的米奇，整天忙著以自我為中心，事業、家庭、賺錢、還貸款、買新車。聽到教授這段「付出愛、接受愛」的說法之後，米奇頗受衝擊，對於自己追逐名利的人生感到疑惑：「人生就是這樣嗎？我所要的就是這樣嗎？是不是少了些什麼？」當他產生這個跟生命相關的大疑惑並無法解決時，他才領悟：

我們的生命都需要良師指點。[1]

米奇的良師如何解答他的疑惑呢？答案當然不僅一個。其中幾個是這樣的：

1 《最後十四堂星期二的課》，P.85。

> 學著如何死亡，你就學到如何生活。[2]
>
> 寬恕別人，也寬恕自己。要同自己和好，也和身邊每一個人和好。[3]

墨瑞教授還表示：每個生命都是有時限的，因此，沒什麼好爭強好勝的，身邊每個人、事、物都是可珍惜的。金錢、權力等所有物質的東西都不能取代愛、取代溫柔或同胞手足之感。

教授的生命感悟太多了。看似心靈雞湯，卻是眞實懇切的臨死忠告。

一週一週的會面對談，墨瑞教授從端坐輪椅到癱躺床上；從健談一小時到說幾句話就咳一小時。ALS就是把一個健康端立的人，由腿部往上蔓延地溶成一灘蠟，清醒的神智被禁閉在軟趴趴的皮囊，直到呼吸停止。

第十三週，米奇問病床上接著尿管、氧氣管的墨瑞：「如果有二十四小時健康的身體，你想做什麼？」

墨瑞想做什麼？一早起床做運動、吃甜餅配茶的美好早餐、游個泳；請朋友吃個愜意的午餐，聊聊對

2 同上，P.106。

3 同上，P.203。

彼此的意義；午後出門散步，看看紅花綠葉、禽鳥飛翔；傍晚上館子吃義大利麵，整晚勁舞狂歡直到筋疲力盡，再倒頭睡個好覺。

這個平凡的答案讓米奇失望了。

米奇說：「就這樣？」

是，就這樣。

如果是你，你想做什麼？

第十四週，標題是「我們說再見」。他們用什麼樣的方式說再見呢？不暴雷、不劇透，把閱讀以及揭開謎底的樂趣留給你。

給世界的遺言

墨瑞患病之初，因緣際會地接受電視節目《夜線》的採訪，隨著墨瑞病情的惡化，三次的採訪等於記錄著墨瑞走向死亡的征途，百萬觀眾也透過電視見證著墨瑞的死亡真人秀。在最後一次的採訪，主持人問：「有什麼話要對觀眾說？」

> 要有惻隱之心，彼此照顧扶持。只要我們學會這一點，世界就會變得美麗許多。[4]

遺言般的話語！這是來世一遭，活過七十幾年的生命體的領悟；也是畢生從事教育工作的師者墨瑞，留給世人的溫柔警語。

本書結語處，米奇揭曉，原來這本書是墨瑞教授的主意，以此作爲他師生倆最後的論文。同時，米奇也領悟到，這也是師者墨瑞的最後一門課，課名叫作「生命的意義」。課程沒有教科書，墨瑞老師用他的人生經驗來教、用他的生命來教。

課程終了，沒有畢業典禮，只有一場葬禮。

米奇不需期末考，但要寫篇不短的報告。就是這本書——《最後十四堂星期二的課》。

4 同上，P.198。

介紹你一部墨瑞教授用生命書寫的大書。
學著如何死亡，你就學到如何生活。

【佳句詞庫】

小學而大遺，吾未見其明也：著重學習句讀等小知識，卻遺漏大學問（學業疑惑或大道理），我看不出他哪裡明智了？斷句之學雖是基礎，也只算是微小的知識，並非是學習的全部與終點，求學者與教學者都需有所惕勵才是。

【跨域閱讀】

1. 米奇·艾爾邦（Mitch Albom），白裕承翻譯：《最後十四堂星期二的課》（臺北市：大塊文化，二〇一八年）。

【換你想一想】

讀到這裡，有沒有感到似曾相識？東方有哪些由師生合作完成的大書呢？《論語》不就是孔子後學在孔子去世之後，集結其言論而成的著作嗎？《論語》的內容是什麼？不也是生命、處世的方法嗎？

你怎麼讀《論語》？你有沒有將那些讓你耗盡心神的解釋、翻譯等「小學」，轉化成生命大智慧？如孔老師告訴你「順」著父母是孝、對父母和顏悅色是孝、「父母在，不遠遊」也是盡孝。你有在聽嗎？孔老師教你對待他人必須「己所不欲，勿施於人」。你做到了嗎？孔老師提醒你「學而不思則罔，思而不學則殆」。你只是在背誦古文應付填空、默寫、考試嗎？有沒有真正落實「學習與思考並重」的讀書方法？

現在請你回顧一下你所讀過的文學作品，舉出實例，將書本上的小知識轉化為可在現實生活實踐的大學問。

【知識連結網】編織知識連結網，訓練思考、增強國寫力。

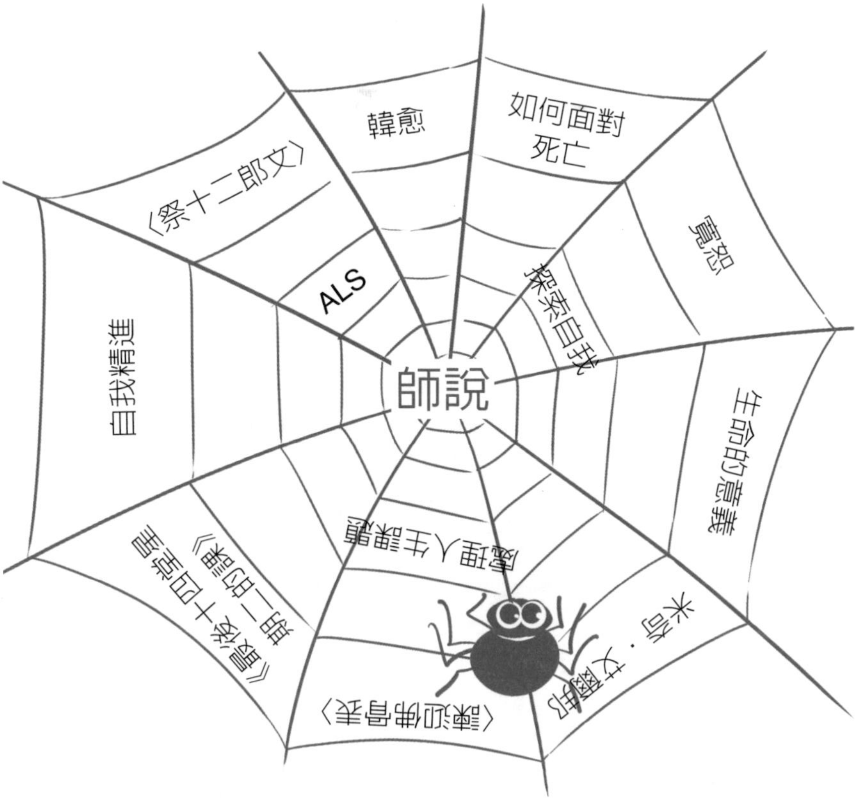

〈大同與小康〉

——大同與小康俱往矣，元宇宙強勢降臨

【思考引導】孔子心心念念的大同世界眞的很完美，然而，早已不可復返。元宇宙即將來臨，你該如何掌握先機？

【古文超連結】

〈大同與小康〉節選自《禮記．禮運》，感覺很深奧？其實沒那麼難懂啦！就當作是聽聽孔老夫子的憂慮、嘮叨。難道你不好奇，孔子有什麼憂慮？又在叨念什麼嗎？

一、孔子遙念的理想世界

孔子參加魯國年末祭祀時，有感於祭禮儀式不合古禮，因而懷想起遠古大同與小康世界。翻譯成大白話，就是遺憾現在的社會次了點，以前的世界比較美好啦！等等，你不覺得這心態很熟悉嗎？如同小孩總覺得同學的父母比較開明，父母覺得朋友的小孩比較上進，男人覺得別人的老婆比較賢慧，年輕人感嘆美好的生活總是在他方……。

又扯遠了，不小心就又說出人性的陰暗面了。至聖孔夫子可是最人性化的思想家，沒那麼膚淺啦！讓我們正襟危坐，懷著正向的、好奇的、好學的心態來回顧一下，孔子眼裡的理想世界是怎樣的。

大同之治：天下為公

上古五帝時期的「大同世界」，是孔子心中第一等的理想世界。

在那裡，天下是全民共享的；政治上，能夠公正地選拔賢能；修爲上，講求信用、人與人和睦相處，

孔子
大同世界，天下是公眾的。
孔子
小康世界，天下成為君主的私產。

親愛長輩、慈護晚輩；所有孤苦無依、殘病無助的人都能得到照顧；男子謹守本分不會失業，女子嫁得良人歸宿；人人皆以公眾利益爲優先，財貨共享、不私藏。在這樣你敬我讓、互助互愛的世界裡，自然紛爭不生、盜賊無有、家家戶戶都能放心地敞開門戶。

在大同世界裡，人心純善，行爲舉止無私有度、道德良知內化於心。

小康之治：天下為家

夏商周三代聖王在位時期的「小康之世」，尚差強人意。

那時，君權世襲，天下變成一姓之家，人我分際分明，各人只親愛自己的長輩、只慈護自己的子弟，勤懇勞動是爲了個人利益。在上位者，建築城牆、挖掘護城河來防禦外敵，「禮」成爲維持社會綱紀的手段。禮儀可以規範君臣、父子、兄弟、夫婦等人倫關係；可以建立法規來劃分田地住宅；可以獎賞賢勇以及爲己效力的人。然而，也正因爲此，奸謀、算計與戰爭就產生了。幸而，三代聖王，都能夠以禮推行教化並且以身作則。

小康之世雖然不完美，畢竟還可以以禮治國、約束私心、維護社會安和。

崇仁復周禮

孔子爲何無緣無故追懷起遠古的理想政體？

本篇開頭是說孔子感嘆魯國祭禮儀式不合古禮，其實，這還只是小事；孔子最深層的憂慮是：當禮的內在精神失落，沒有了自覺仁心，禮儀徒剩形式，名分亂套，人倫也將失序。於是公子篡位、諸侯僭用天子儀禮之事頻頻發生，天下之亂便由此起。

課本未選錄的〈禮運〉後半段，孔子甚至引用《詩經．相鼠》篇章說「人而無禮，胡不遄死」（人若無禮，不如快快去死）的話。是以，孔子心心念念於崇仁復周禮；孟子、荀子接棒，探究人性善惡，鞏固仁、義、禮的核心思想。既然無法在人的心上陶鑄仁義的精魂，至少，外在的禮制繩索要夠強韌，足以捆縛住僭越的手腳。

孔子心心念念的大同世界眞的很完美，那是一種以道德自覺爲核心所建構出來的現實人際交流網絡。可是，我們回不去了。先不談社會體制與人倫變易，在科技催動的未來世界，人與人的現實交流極可能大大降低，我們可能都要以分身在虛擬世界裡相處了。因爲，元宇宙（Metaverse）世界就要來啦！

二、文學預言的虛擬未來

二〇二一年，臉書（Facebook）母公司大張旗鼓改名爲「Meta」，宣告以打造虛擬世界爲未來產業方向，全力開發元宇宙。

然而，Metaverse元宇宙的名稱與虛擬世界的藍圖，並不是祖克柏（Mark Elliot Zuckerberg）與其團隊一夜創發的，早在一九九二年，Metaverse一詞便已出現。那是美國作家尼爾・史蒂文森（Neal Stephenson）科幻小說《潰雪》裡的虛擬世界，有元宇宙、超元域、魅他境等譯名。

《潰雪》——三十年前的元宇宙預言

《潰雪》將故事背景設在二十一世紀，當時的美國聯邦政體幾近潰解，少數私人企業掌握實權，並僱用傭兵維持治安。經濟上，因惡性通貨膨脹導致美元大貶、百業蕭條，當時最火的行業是披薩外送員。

故事主角英雄阿浩便是外送員。他工作時駕駛超跑，穿著具有吸收光線以及防彈功能的制服，攜帶極具時尚感的槍以及日本武士刀防身。披薩外送員最重要的任務是——必須在三十分鐘內送達披薩。超時未送達，會給老闆帶來大麻煩，老闆要在五分鐘內致電道歉；隔天「會搭乘噴射直升機降落在該顧客家的庭院，然後是更多的道歉，並免費招待對方去義大利」。[1]

現實世界中，阿浩住在狹窄無窗戶、倉庫般的小房間。然而無所謂，因為他大部分時間，是以虛擬化身暢遊於元宇宙的超級駭客，在元宇宙鬧區擁有體面的大房子。

阿浩慢慢接近大街，這裡是百老匯、元宇宙的香榭麗舍大道，就是那條燈光燦爛，人人可見的大道。……它實際上並不存在，不過此時此刻，幾百萬人在這路上走來走去。……元宇宙的時間永遠是夜晚，大街上永遠耀眼輝煌，彷彿擺脫物理與財務限制的拉斯維加斯。[2]

元宇宙車輛有可能像夸克那麼快、那麼靈活。這裡不用煩惱物理學的原理，沒有加速度限制，也沒有空氣阻力。輪胎永遠不會嘎吱響，煞車永遠不會鎖死。唯一沒辦法處理的是使用者反應速度。[3]

1 《潰雪》，P.8。
2 《潰雪》，P.28～30。
3 《潰雪》，P.382。

《潰雪》裡的現實世界與元宇宙平行存在，更可交互作用。你只要在家裡戴上示鏡，登入元宇宙，便可以操控現實世界裡的汽車，完全沉浸式體驗地駕駛汽車去接送朋友。此時，現實世界的朋友不需登入元宇宙，便可以因車裡的裝備與你即時對話。

以電腦病毒掌控世界

某日，阿浩遇見一位兜售名為「潰雪」程式的人，那是一種會讓電腦呈現雪花雜訊進而當機的病毒，它不僅能入侵電腦讓虛擬分身被彈出，甚至能夠透過視神經侵蝕大腦深層結構，進而控制駭客的肉體與思想。接下來的情節發展，便是阿浩與十五歲的滑板少女YT，展開對「潰雪」病毒的調查與對抗，而這層層揭密的過程可是最燒腦的部分。結合蘇美神話以及虛構的「祕」等控制社會運作系統，揭發人類依賴「祕」而運作行事，導致迂腐愚昧、文明停滯的結果。而這一切都是野心家利用有形血清、無形病毒消滅人的自由意志，企圖掌控世界的陰謀。陷於如此龐大縝密的箝制網絡，阿浩、YT等駭客又該如何反制？

此外，小說裡的「圖書館員」，也類似於今日的AI。阿浩想要了解任何資訊，只要走進圖書館，告知圖書館員，「他」便會幫你找出所有資料。更有甚者，圖書館員不是丟給你一堆訊息或連結，而是解說給你聽，與你往來對話、討論細節。阿浩便是在與圖書館員的對話、討論中，解開「祕」與反病毒

「南—夏咘」在這場陰謀裡的作用。

說到這裡，你以爲我劇透了嗎？破壞了閱讀驚喜嗎？並沒有喔！以上只是簡要的情節大綱。這部小說結合大量的蘇美古文明、神話、宗教、歷史、科技、哲學、神經學、語言學、推理等，以及由這些跨領域知識所織就的複雜布局、詭譎陰謀、深奧主題，思考性極強，不是三言兩語就說得通、講得完，值得你自己去挑戰理解。

小說這一文學體裁雖然多是虛構的故事，然而有不少憑空想像的作品，成功預言未來發展，成爲現實世界的先驅，《潰雪》便是這樣的作品。尼爾．史蒂文森三十年前所描述的元宇宙，是目前眾多企業亟欲構設的未來世界。

人因夢想而偉大，文學無疑是最大的造夢基地。

三、科技奇點，元宇宙強勢降臨

什麼是元宇宙？

由於科幻文學、線上遊戲與相關電影的關係，人們對虛擬世界早已不陌生。在臉書改名Meta之前，遊戲與社群平臺Roblox於紐交所上市時，便已將「元宇宙」寫進招股書。微軟、騰訊等眾多科技產業，接連宣告開發虛擬世界，是以媒體將二〇二一年訂爲「元宇宙元年」。

元宇宙，是與現實世界平行存在的虛擬世界。在其中，虛擬與現實交互作用、共同進化，人們可在其中展開社會、經濟、文化活動，並創造價值、[4]開啟第二人生。

與現在世界有何不同？

現在我們已經可以與地球另一端的親友視訊聊天、一起進行遊戲；可設定虛擬化身；可以線上會議課程；消費購物；線上遊戲的裝備，可以以現實世界的金錢買賣等。在此基礎上，元宇宙還能有怎樣更上一層樓的變革？

首先，元宇宙將會是更完全的沉浸式體驗，只要戴上VR眼鏡等虛擬裝備，每個人都可以以虛擬分身在虛擬空間裡走動、視線交流，比坐在電腦前盯著小螢幕更具臨場感，更能保有人際交流的效益。在沒有時間、空間限制的虛擬世界中，線上演唱會猶如置身現場，視線無死角、音效無瑕疵、超時不罰錢，幾萬名觀眾跟著跳《三天三夜》都不怕觀眾臺震動、坍塌，更不會有里長下跪陳情的事情發生。環遊世界、外太空旅遊，也不再是得攢集鉅額才能實現的退休夢想。

其次，學習方式也可能產生變革，由實體教室到線上課堂再進入元宇宙教育，最可以期待的是課程的多元與即時性。以地理課來說，以往，學生總努力地將課本上的文字建構成系統知識，並自行腦補成影像

4 《元宇宙：全面即懂metaverse的第一本書》，P.21。

以幫助記憶。現在只要戴上VR裝置，所有的城市、建築、地形、河流，甚至氣候型態，都可以以實拍影像或虛擬模型即時出現在眼前，地理課簡直像親身走訪踏查一般，不僅增加記憶效率，上課簡直跟旅遊一樣了。醫療上，微軟開發的XR穿戴裝置HoloLens可以取代以往的大體解剖課程；VR虛擬手術可以預先了解手術風險，更可以使病患因爲知道手術細節而感到安心。

再者，經濟模式方面，已有軟體可以將人體或空間影像即時轉成電腦立體模型，因此逛街、購物不再需要出門，虛擬試衣（virtual fitting）、彩妝模擬、家具擺設模擬等都不是問題。此外，虛擬商品可以虛擬貨幣以太幣（Ethereum）交易，NFT（非同質化代幣）不僅能認證所有權人權益，更促成元宇宙世界的藝術創作與經濟發展。出生於臺灣的「AI教父」、輝達執行長黃仁勳甚至表示：「虛擬世界的經濟規模，終將超越實體。」[5]

現在發展到什麼狀態了？

新冠疫情催發元宇宙的腳步。大疫來襲，學校課程瞬間線上化，即便是科技小白的資深教師也得練功上陣。以經濟爲命脈的商業市場，更得分秒必爭搶先機。Converse、Hello Kitty 進駐元宇宙平臺；Nike與ZEPETO、「要塞英雄」合作推出虛擬運動鞋；精品巨頭愛馬仕已提交加密貨幣、NFT以及元宇宙相

5 張詠晴整理，〈元宇宙來了！輝達執行長黃仁勳：虛擬世界經濟規模，終將超越實體〉，《天下雜誌》726期，2021.6.29。

關商標申請，以拓展虛擬商品市場；LV推出虛擬時尚服飾與單品；Gucci不僅與Roblox合作舉辦虛擬展覽，讓參觀者可以虛擬化身自由穿梭於各個展場欣賞Gucci精品，也與線上遊戲「機器磚塊」、「網球傳奇」合作販售虛擬精品；必勝客推出「莫內睡蓮沉浸式餐廳」，將莫內畫裡的同款甜品放置於相應位置，加上全感官沉浸式投影科技，使人猶如置身莫內花園用餐，創造出視、聽、嗅、觸、品五感俱全的藝術饗宴。[6]

元宇宙的交易商品比現實世界更天馬行空。如社交網站Twitter 創始人Jack Dorsey的第一則推文「just setting up my twttr」，便以近兩百九十萬美元價格賣出；周杰倫創業品牌PHANTACi與Ezek共同推出一萬隻NFT吉祥物「Phanta Bear」（幻想熊），起價約〇．二六顆以太幣，折合臺幣約二．八萬元，四十分鐘完售。除了物品，元宇宙也不乏地皮炒作。二〇二二年初TheSandbox上的一塊數位房產，便以四百三十萬美元的價格成交；其他的虛擬私人島嶼也炙手可熱。元宇宙被認爲是新生代搶占資源的第二次機會。

泡沫化危機？

聽起來挺炫，是吧！然而，理想很豐腴，現實雖不至於太骨感，還是有許多問題待解決。

---

6 〈必勝客「莫奈睡蓮沉浸式餐廳」上線啦！〉，數英網，https://www.digitaling.com/projects/114568.html

畫面的解析度，或者說是對現實世界的擬眞還原度如何，便是龐大的工程。二〇二二年八月，祖克柏發布一張自己使用VR頭戴顯示器後，在Meta的元宇宙平臺「Horizon Worlds」裡，以法國艾菲爾鐵塔和西班牙巴塞隆納聖家堂爲背景的自拍照，瞬間引起瘋狂吐槽——畫質奇差無比、模擬替身詭異、像個無靈魂的木偶等評語。

除此之外，能夠舒適長時間配戴的VR裝置設備的研發；網路頻寬、流量傳輸是否夠穩定？能否供應數億人同時在線？個資以及虛擬財產安全等問題。還有、還有，日前瘋漲的NFT似乎已出現泡沫化趨勢、虛擬貨幣引發詐騙、加密貨幣龐大耗電量的環保問題等等，都可能是影響元宇宙進程的變數。

也許，虛擬世界仍然是未來的趨勢走向，然而普及度、成熟度與時間表，恐怕沒有Meta預估的「十年」、「十億觸及用戶」那麼樂觀。

【佳句詞庫】

人不獨親其親，不獨子其子：人不會只親愛自己的親戚、長輩，不會只慈護自己的子弟、晚輩。在轉品的修辭格中，表現大同世界裡，人不分親疏、相互關照的狀態，是孔子最嚮往的理想社會。《孟子》也有類似的描述：「老吾老，以及人之老；幼吾幼，以及人之幼。」

Meta全力開發元宇宙。

元宇宙

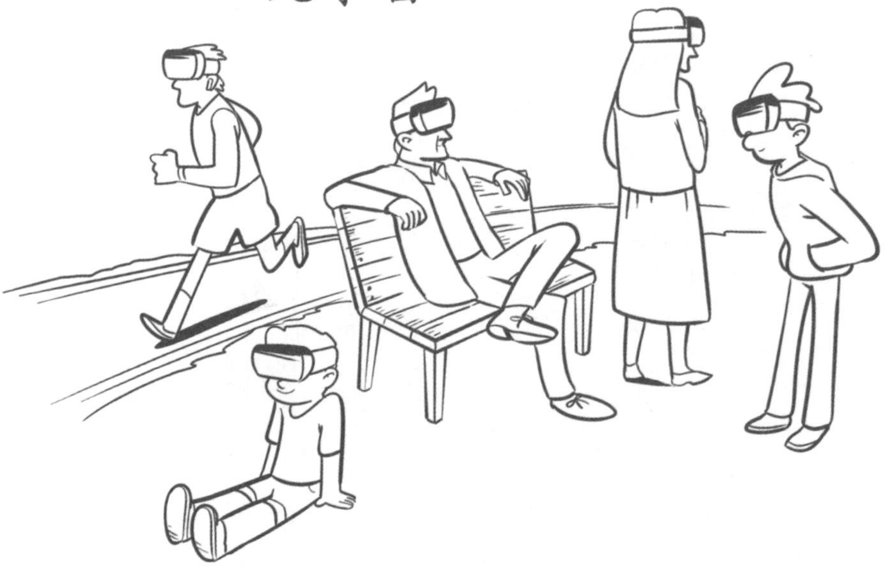

【跨域閱讀】

1. 尼爾・史帝文森（Neal Stephenson），歸也光翻譯：《潰雪》（新經典文化，二〇二三年五月）。
2. 李丞桓：《元宇宙：全面即懂metaverse的第一本書》（臺北市：三采文化，二〇二二年）。

【換你想一想】

你曾經設想過「理想世界」嗎？多數人是否只以個人好惡來設計理想生活，而非關世界？如不用工作就有花不完的錢？只做自己喜歡的事情？是人人為我、而我只為我的無邊狂想？

說來很悲觀，任何的烏托邦想像、理想世界，都只能是一種聊以慰藉的自high幻想，畢竟世界不會依照你的喜好去發展、不會配合你的行事曆運轉，多數人都只能被時代風暴推著往前走。

不如我們就面對現實，不要「夢想」理想世界，而是來「預言」未來世界如何？你覺得未來世界將會變成怎樣呢？請有理據、有邏輯地揣想未來世界可能的發展，並說明你將如何搶占先機？

【知識連結網】編織知識連結網，訓練思考、增強國寫力。

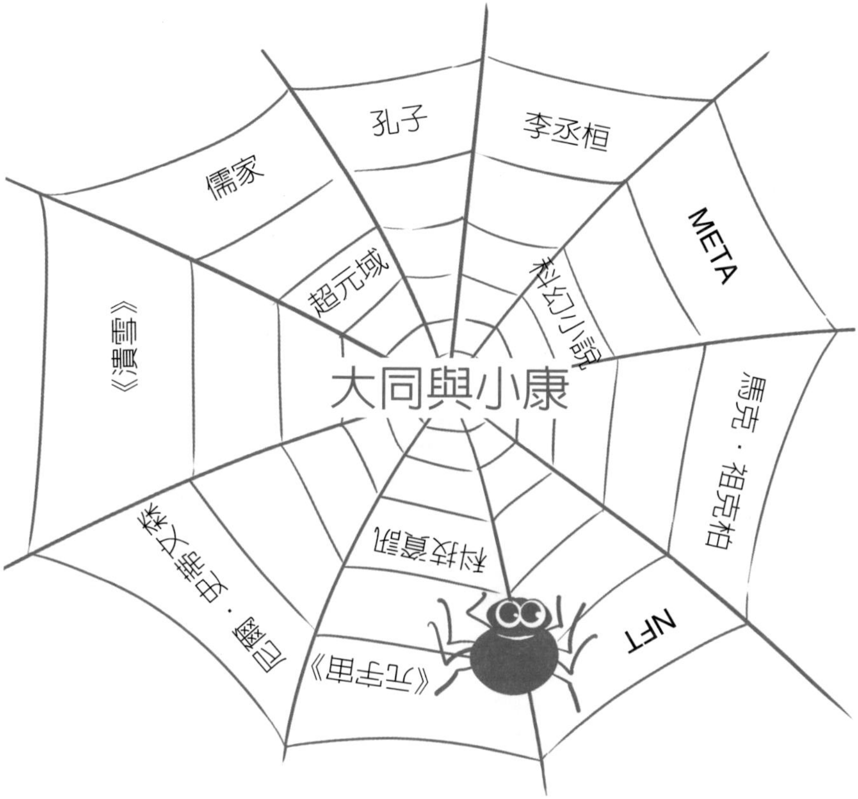

〈斛珠〉

——怪美的，神醜的！

【思考引導】美，有沒有放諸四海皆準的客觀性？

【古文超連結】

講到李煜，「千古詞帝」之譽，榮耀至極；然而，「李後主」一名，亡國之君的標籤，也是他流傳後世撕不去的愁辱。

一、從天上墜落人間的李煜

公元九〇七年，輝煌大唐滅亡，各地藩鎮擁權自立，中原地區先後五個朝代更迭，速興速滅；除此之外，另有其他割據小國殺伐奪權，概稱「十國」，史稱「五代十國」時期。直到趙匡胤取代後周稱帝，建國號為「宋」，進而揮軍南下，向南方割據小國進軍。

南唐末代君主

李煜，南唐（十國之一）的第三位君主，繼任時國勢已衰竭、財庫窘迫。面對趙匡胤的強悍攻伐，李煜自忖難以抵抗，便自除國格，降稱「江南國主」，對趙宋朝稱臣納貢。

許是李煜臣服之舉不足、降服之心不誠，宋太宗（趙光義）先以「違命侯」封號辱之，再將其軟禁汴京，甚至屢召李煜皇后小周后進宮「服侍」，羞辱小周后也等於再贈李煜綠帽一頂。自身難保的李煜，眼睜睜看著小周后被迫進出宋太宗後宮，在小周后的哭罵聲中，也許只能在心裡對愛妻說：「身而為夫，我很抱歉！」

人說「窮而後工」，喪失爲君、爲夫，甚至爲人尊嚴的李煜，將一身屈辱、滿腔愁苦化爲文字，寫下流傳千古的詞作，字字血淚，將「詞」這一體裁從「伶工之詞」帶往「士大夫之詞」的道路。王國維甚至給予「有釋迦、基督擔荷人類罪惡之意」的高度評價。課本所選大多是李煜此時期的作品，著名佳句廣爲流傳，如：

剪不斷，理還亂，是離愁，別是一番滋味在心頭。〈相見歡〉

問君能有幾多愁，恰似一江春水向東流。〈虞美人〉

李煜反覆抒發離國、亡國愁情，以亂絲纏結爲喻，以江水滔滔東流不絕爲喻。〈浪淘沙〉末兩句「流水落花春去也，天上人間」，則形同自己一生的總結：前期天堂，後期墜落人間。

是的，亡國君、階下囚，人間悽慘之甚。然，別忘了李煜也有過帝王極致享樂的天堂時期。

奢靡風流，愛情至上

李煜十五年的帝王生涯又是如何呢？

政治上，李煜稱得上是仁善之君，寬刑罰、輕徭役、減賦稅；宗教上，尊佛講道勤誦佛經，好生戒殺。然而，李煜雖然心念百姓卻錯殺良臣，罔顧潘佑、李平變法革新以抵抗趙宋的諫言。即便國家危殆、財庫虛空，仍花費巨資廣建佛寺、供養僧侶。

說來也是矛盾，李煜雖虔誠向佛，生活卻不似佛弟子般清心寡慾。他花錢不手軟、物質享受不馬虎、私生活極其富麗奢靡。李煜後宮以夜明珠為光照來源，不僅光耀如永晝，也免除煤油燭火的煙硝味；以綠寶石為窗飾，百匹錦緞絲綢鋪連成天河月宮、鮮花翠柳滿綴皇宮號稱「錦洞天」；為小周后製「帳中香」、創「北苑妝」，為窅娘打造六尺高的黃金蓮花臺。夜夜笙歌，薰香獸爐日夜添香，嬪娥朱翠步搖、曼舞迴旋、霓裳新曲遍徹宮廷。

過眼美事皆成詞

李煜先後沉醉於大周后、小周后的濃情愛意（與祕戀），酣歌宴飲之時不忘文人本事，過眼美事皆成詞。〈菩薩蠻〉可謂前期經典，詞中「剗襪步香階，手提金縷鞋」、「一向偎人顫，教君恣意憐」（輕手輕腳偷溜出門，光著襪子，手裡提著金縷鞋；一見情人，撲進懷裡，因激動而微微顫抖）幾句，寫盡小周后背著姐姐大周后偷溜出宮與情（姐）人（夫）幽會的俏與羞。

此外，同爲經典的〈一斛珠〉，則寫大周后酒醉媚態。其中幾句是這樣的：

羅袖裛殘殷色可，杯深旋被香醪涴。繡牀斜憑嬌無娜，爛嚼紅茸，笑向檀郎唾。

其實，我第一次讀到這幾句詞，很是不解。讓我們翻譯一下這情景：「酒過三巡，哪會在意口紅沾衣、酒滴濺到衣裳。醉鬼般眼茫情迷地斜靠在床邊，將衣袖上鬆脫的紅絲線咬下，含在口中咀嚼，嚼著嚼著邪魅一笑，將紅絲線往情郎身上吐去。」哇！這眞的可以嗎？這動作很可愛、很淘氣、很嬌俏嗎？不會被賞巴掌嗎？或者看吐的人是誰？如果是志玲姐姐、IU或BLACKPINK成員就可以，是嗎？不懂，不懂，這美態我GET不到。

另一個我無法理解的美則是前面提到的窅娘。據說，善歌舞的窅娘與善品賞的李煜，聯手開啟中國上千年來「小腳爲美」的審美與文化。

二、金蓮行處步步嬌

根據記載，南朝齊廢帝蕭寶卷（當然，看「廢」這個諡號，就知道沒什麼好作爲、好下場，繼位僅三年，便被廢為庶人。）以金玉鑿成蓮花樣式，鑲嵌於地，當其愛妃「潘妃」姿態婀娜赤足行走其上，纖步踏處猶如仙子魔法，步步催生出朵朵蓮花。

蕭寶卷為潘妃鋪蓮，李煜也要為纖腰善舞的窅娘打造華麗舞臺。懂玩又品味不俗的李煜，自然不屑追隨模仿，他將步步生蓮的美感升級創新。先以黃金鑿成蓮花座，周圍環繞珍寶瓔珞，以青銅為荷箭，升高離地六尺，蓮花中心再生出一朵可容一人站立的瑞蓮平臺。為了符合這單人舞臺的比例與美感，窅娘拿白帛將腳以螺旋狀纏裹得只剩足尖，纖細足尖踮於花瓣上翩躚迴旋、凌波妙舞。（這畫面是不是很有既視感？像不像現代音樂盒裡的芭蕾舞者？）

金蓮舞雖然開啟了「纖足為美」的審美潮流，但也只是以布帛或者尖頭鞋，製造出纖足的視覺效果。究竟是何朝何人，真正下狠手將小女孩抓來纏足的？仍然眾說紛紜。讓人始料未及的是，纏足卻就此流行了千年之久。

裹小腳一雙，流眼淚一缸

先不說小腳美不美，光說纏足的過程，就足以讓人為古代女子一掬同情淚了。

女子大約四、五歲起開始纏足。纏足前先泡熱水讓腳溫軟，趾縫間塗上可殺菌燥濕的明礬後，將拇指以外的四個腳趾強行下折緊貼腳底，再以長條布帛將腳緊緊纏縛住。

這樣腳就不會長大、永遠保持小女孩十幾公分的可愛小腳嗎?不是的。腳骨仍會隨著身體繼續生長,沒有空間直線伸長,便往上發展。時日一久,腳背隆起,腳底凹陷對折如同彎弓,腳都折成彎弓狀了,長度自然減半,繡鞋一套,淑女標配的三寸金蓮便婀婀上路了。

爲了符合時代美學忍一忍也値嗎?不不不,腳趾下折緊纏就很不舒服了,還要走路?健全的平板腳骨,硬要讓它畸長折成三角形?痛入骨髓啊!這不是忍幾天、幾個月就解決的事,是一輩子啊!人說「裹小腳一雙,流眼淚一缸」。何止淚一缸,恐怕咒罵、怨命的口業、怨念也不少。

纏足與兩性關係

不論小腳美不美,纖足審美透露出何種心態與社會背景呢?說穿了,還是兩性關係。

首先,女子纏足後,等於是壓著腳趾、忍著骨折在行走,行動自然受限,走不遠,跑不快,一步步危危顛顛,必須端身緩移才能保持儀態。這種「柳腰蓮步,嬌弱可憐之態」,惹起大男人憐惜之情,也間接突顯男子的剛強。明朝瞿九思甚至說,纏足美女可以使侵略漢族的蠻夷之邦「失其兇悍之性」,達到抵禦外患之效。

其次,女子纏足後不適合遠行。名門閨女無須從事勞力工作,只能安分地、順理成章地,居處深閨忙活內務;經濟無法自主、眼界難以開拓,便只能依附男子豢養了。

最後，小腳深化了男子的戀足癖好、性幻想，進而成為「晝間欣賞，夜間把玩」的助性玩物。清朝李漁說「香豔欲絕」的小腳，可以讓人「銷魂千古」，並舉出四十八種，如聞、吸、咬、搔、脫、捏等賞玩小腳的方式。在眾多意淫奇想之下，小腳彷彿也成了女子私密器官，無端偷窺女子小腳，可是會被視為淫賊的呦！待明朝興起評選最美小腳的「賽足會」，女子徹底被物化，從面容到腳底都成為供人鑑賞的、等待被品評的、取悅他人的「物」。

可怕的是，身處時久勢大的男權社會，女性無法透視、更無能跳脫此不平等遊戲。流風之下，久而久之也就內化此觀念、順服遊戲規則，甘心為了小腳之美忍受徹骨折磨，甚至以未纏腳的「天足」為恥，莫怪乎被指為千年纏足文化的小同謀。

三、馬甲雕塑蜂腰

說完中國纖足審美，當然也要搜搜中國以外的美。

大約十六世紀，歐美由皇室帶領興起「蜂腰豐臀」之美，用以雕塑曲線美的馬甲（stays/corset）就此風行數百年。

腰瘦，也就夭壽了

馬甲，也就是緊身束衣，主要目的是收緊腰腹、托起胸部。馬甲長度約從腋下到腰臀，背後設計交叉繩帶，將腰部緊緊纏束，漸次上延到胸口，胸部自然被向上擠壓堆塑得波濤洶湧，下半身再套上圓錐形的鯨骨裙撐蓬蓬裙。洋裝上身之後，便成為豐胸、細腰、豐臀的沙漏身形。

聽起來沒什麼不對是吧？現代女性也借助馬甲雕塑身形不是嗎？問題是尺寸啊！（咦？）在細腰審美最盛行的英國維多利亞時代，二十吋便是要受群嘲的水桶腰了。十幾吋的蜂腰，除了必須嚴管飲食、保持纖瘦之外，也需要靠外力——馬甲——死命纏緊，才能打造出「不盈一握」的蜂腰。

而長久穿著束胸馬甲，使胸腔、肋骨和內臟被嚴重壓迫、推擠甚至移位，因而容易出現消化不良、呼吸困難、肋骨變形、暈眩、心悸甚至猝死等症狀。許多女子為了腰瘦，還真的夭壽了。

馬甲材質有柔軟的絲綢、花緞，也有較硬挺的亞麻、皮革、鯨骨，英國甚至出現過鋼鐵材質的馬甲。可以想像箍個鋼鐵在胸腹上嗎？把人體當木桶嗎？復健都不需要這樣。

服飾藏著階級與性別權力

與中國纏足類似，馬甲使女性行動受限、健康受損，淪為為男子助「性」、被觀賞品評的物。纏足與蜂腰不僅是性別權力關係的產物，同時也成爲身分與階級的標誌，甚至是貴族階層彰顯財富、權勢以及自律的表徵。直到十九世紀後期，女權運動興起，影響女性健康的束腰風潮才漸漸消退。

一九一〇年，香奈兒（Coco Chanel）崛起巴黎，其時裝設計讓女性擺脫累贅的束腰蓬蓬裙，黑色小洋裝，以及改良襯衫西裝的偏中性裝束，讓女子身體得到眞正的解放。

有趣的是，馬甲並未就此走入歷史。當它剔除病態束縛，回到符合自然身形的裝束時，反而蛻變成性感前衛的流行時尚服飾。最爲人津津樂道的一個例子即是，美國流行音樂歌手瑪丹娜（Madonna）於一九九〇年「Blond Ambition演唱會」上，以一套緞面馬甲「木蘭飛彈」裝驚豔全場。翌日，平面媒體報導稱爲：「將女性彎曲的曲線轉變爲彷彿能刺穿人的危險尖狀物」、「女性得以奪回身體自主權，甚至以主導姿態控制她們在情色關係中的地位。」[1]如此一來，反轉了歷史上馬甲與性別的奴役關係，馬甲成爲女性自我展現、自我防衛的女權物品。

四、怪美的？神醜的？或者是必須尊重的多元文化？

細腰豐臀的審美，至今流行未衰，但已經不像十六世紀那樣綁束到器官位移。

1 Cyndi H.：〈時尚歷史課：從病態美學到女權象徵，史上最具爭議的時尚單品「馬甲」〉，參考自網頁https://thefemin.com/2020/09/history-of-the-corset/

此外，世界各地仍存在一些較爲特殊的審美文化。

如泰北邊境的巴東族，巴東族女性約五歲起會在頸部配帶銅圈，隨著年齡一圈一圈疊加，銅圈重量使得肩膀下壓，脖子視覺性拉長，世稱「長頸族」。長頸習俗的來源，除了是以長頸爲美之外，另有一說是爲效仿龍鳳等尊貴動物，祈使如龍鳳般的長頸能爲女子帶來吉祥幸福。

非洲衣索比亞的摩爾西族（Mursi），則是以嘴脣裝上大盤爲美，盤脣直徑甚至可以長達二十公分。大盤脣能讓女子嫁得好婆家、收獲豐富彩禮。

又如印度東北部阿帕塔尼（Apatani）部落，會在鼻子兩側挖洞插入鼻塞以及紋面；菲律賓東部的巴國波（Bagobo）部落，則會將女性的牙齒磨成尖細狀；中國雲南基諾族特地以染料將牙齒染黑等等。

美的代價與陷阱

美，舉世皆愛，喜好各有不同。

從文化的角度來看，世界無奇不有，種族繁多、文化各異。不論是纏足、蜂腰、長頸、盤嘴等，各有其產生的因緣習俗。尊重異族文化，本是現代人該有的素養。何況，早在兩千多年前，老子就說了「美之爲美，斯惡矣」，美與醜只是相對的概念，是後天人爲生成，不必以單一標準衡量所有，也不需有誰文明、誰落後的評判。

然而，即便不評價美麗或文明，還是有幾個問題可以提出來討論。

首先，如果該美麗已經造成身體的殘害，那麼，是該尊重文化？還是該要籲請停止？

其次，置身其中的人們，是否有其思考的自主性與反抗的能動性？尤其，美，這一件事，通常容易形成群眾效應，當全世界都說小腳、蜂腰美的時候，它再如何怪也會變成美；它再如何使女子受盡苦楚，也會被視爲美的代價並甘之如飴。究竟是人失去獨立思考的能力？或者人本來就無力抵抗群眾，所思所想難以跳脫主流思潮、時代框架？必得等到時移事異、世代交替，甚至世紀淘洗，才能回頭反思、開展新思維？

最後，對於美的極致追求，究竟是爲了給他人看、贏得讚賞？還是給自己欣賞、讓自己快樂？

十幾年前，蔡依林唱過：「追求完美的境界，人不愛美天誅地滅。」近年，在青峰的歌詞下則是倡言「怪美的」、「亂正的」、「神醜的」，都無所謂，莫讓他人來審判自己，要做自己的主人。因爲，自信，才是女王之道。

【佳句詞庫】

獨自莫憑欄，無限江山，別時容易見時難。流水落花春去也，天上人間：獨自切莫登高遠望，遼闊江山讓人想起舊時國土，心中感傷。離別是容易的，再見則格外艱難。流水、落花隨春天一同逝去，今昔對比，一是天上一是人間。當君王淪爲階下囚，彷如從天堂落入人間，象徵希望與美好的春天永不再來，李煜的人生也凍結在永夜與隆冬中。

【跨域閱讀】

1. 李後主：〈一斛珠〉、〈相見歡〉、〈浪淘沙〉、〈虞美人〉。
2. Cyndi H.：〈時尚歷史課：從病態美學到女權象徵，史上最具爭議的時尚單品「馬甲」〉，參考自網頁 https://thefemin.com/2020/09/history-of-the-corset/

【換你想一想】

近代流行的紙片人、A4腰、蛇精臉，似乎也在考驗女子願意付出多少美的代價。如果你追求的美已經造成身體的損傷，你還願意繼續嗎？請你說說，愛美的極限在哪裡？

【知識連結網】編織知識連結網，訓練思考、增強國寫力。

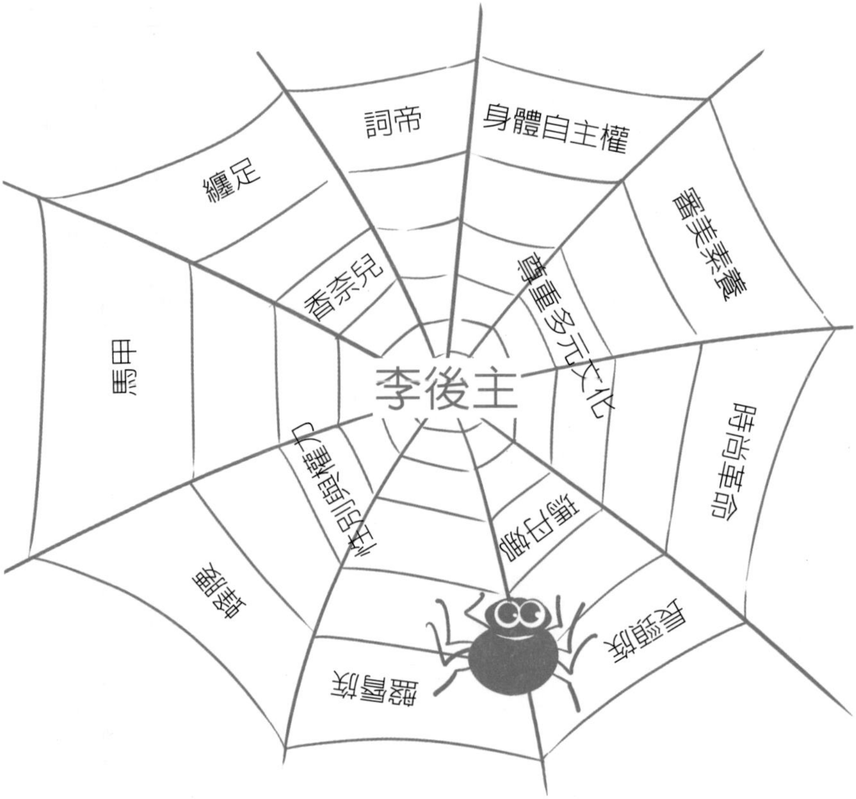

〈劉姥姥進大觀園〉

——姥姥，有錢人想的和妳不一樣

【思考引導】劉姥姥第二次進大觀園，獲得了總值約兩百兩的金援，她該如何規畫這筆錢一舉脫貧？

【古文超連結】

劉姥姥，《紅樓夢》裡一個很特別的存在，位列C咖的小小配角，卻知名度爆高（很少有高中生不認識她的吧）；一窮二白的窮鄉農婦，不僅是賈府千金巧姐兒的救星，也是見證賈府興衰的重要角色。

一、劉姥姥的豪門之旅

劉姥姥寡居多年，原本是一人靠著兩畝薄田度日。女兒與女婿王狗兒因務農繁忙，接岳母來幫襯家務並看養外孫。

臨冬之際，女婿王狗兒酒後嗔怨無以過冬，岳母劉姥姥靈機一動，提議找富親戚打抽豐。然而誰去賣臉求援呢？男人愛面子；年輕人臉皮薄，身段軟不了，只得出動圓融又世故的岳母去碰運氣，不想竟因此開啟了劉姥姥的豪門之旅。

劉姥姥六進榮國府，見證賈府興衰史

俗話說：「欲赴豪門，必先交其僕。」劉姥姥便是透過王夫人的陪房周瑞之妻的通訊引薦，見著粉光脂豔的王熙鳳。首次拜訪，劉姥姥獲得了二十兩銀子。可別小看這二十兩銀，足夠莊稼人家一年的花銷了。姥姥千恩萬謝、「喜的又渾身發癢起來」。

隔年秋日，知恩圖報的姥姥，帶著豐收的瓜果菜蔬進獻榮國府，正巧趕上省親別墅「大觀園」建成，時當賈家榮寵巔峰，姥姥得了大家長賈母的緣兒，吃足、喝足、見識足還帶回一大車金銀物資。第三次進府，賈家已遭抄家之禍，姥姥特來表達對於賈母去世的哀慟之情，又見王熙鳳精神恍惚、深爲「眾冤魂纏繞」所苦，當即匆促回鄉，趕赴廟宇爲王熙鳳拜神除祟。第四次造訪時，王熙鳳已逝，其獨生女巧姐兒，被親舅舅王仁與堂兄賈環聯手拐嫁給藩王，劉姥姥使計變裝，將巧姐兒遁藏於王狗兒家；幾日後，危機解除，再將巧姐兒平安送回賈府。第六次再臨賈府則成了媒人，牽成巧姐與鄉紳周家的婚姻紅線。

在作者的情節設計下，劉姥姥幾度進出賈府，不僅見證賈府興衰起落，甚至由落拓的求助者翻身成爲機智的施援者。

回顧完劉姥姥在賈府的所有動態之後，讓我們回到一個基本問題：

你能說說看，劉姥姥與賈家到底是怎樣的親屬關係嗎？

你能畫出她與賈家、王家的親屬關係圖嗎？

劉姥姥與賈家是哪一種親戚關係？

畫完圖了嗎？你有沒有發現，由劉姥姥上賈府認親求援，其實是挺尷尬的事，因爲她與賈家、金陵王家一丁點兒血緣關係也沒有啊！讓我們重頭梳理一下這三家的關係。

《紅樓夢》裡有四大家族：賈、史、王、薛，不僅占據該時的權貴排行前列，也因聯姻之故結盟擴勢、互榮相護。

當年，王狗兒之祖任職京官時，與王夫人之父相識，「因貪王家的勢利，便連了宗，認作侄兒。」然而，兩家後輩不僅不相熟，知道有此門連宗親族的也不多。到了王狗兒父親一輩，家業日衰搬離京城之後更少來往，若非劉姥姥重提往事，這祖輩連宗之事簡直要成爲家族傳說了。

有趣的事情來了。照理說，連宗結親的是兩個王家，後輩若要認親求援，理應是王家後嗣男丁王狗兒出面找金陵王家才是，如王子騰、王子勝（王夫人之兄弟），或者王仁（王熙鳳之兄），就算男丁顧及尊嚴不願出面，也應當是王狗兒的媳婦找王家的任何一位兒媳婦哈腰、探訊才是。畢竟，這是兩門王家的事。然而，劉姥姥跳過眞正連宗的金陵王家，反而去找已經出嫁到賈家的女兒（王夫人）求援。

再者，兩個王家連宗結親，小王窮親戚要找大王富親戚求援，正宗王家後代王狗兒神隱，而由一個外姓岳母，拖著一個五、六歲的小外孫走闖豪門？這沒有血緣關係的兩家王姓後嗣已經不相識了，這個劉氏岳母不更是遠到天邊去了嗎？雖說作者以一筆「想當初我和女兒還去過一遭」略作交代，仍舊是八竿子打不著的關係。於是造成這樣一個局面：王狗兒的劉氏岳母跑到賈家，幫女婿求請連宗的王家女兒金援以度寒冬。這波操作夠曲折吧！

儘管曲折，這位關係遠到天邊的姥姥不僅把事兒辦成了、獲得鉅額資助，也搭建起日後往來的橋梁。

二、《紅樓夢》裡的富人與窮人

學者余英時從學術研究的角度提出，曹雪芹藉由大觀園，將世界劃分爲理想世界與現實世界。我們則從世俗的角度，隨著劉姥姥樂遊大觀園，也看出了富人與窮人兩個世界的差異。

雖說該回主旨是藉由劉姥姥的視角，展示賈府鼎盛時期的豪奢，實際上，在窮與富的對比下，劉姥姥見識富族的同時，也被富族見識。如劉姥姥所言，大觀園的富麗精緻，竟然使得以往她見過的仙境圖畫相形失色；反之，含金湯匙出生的賈府親族，則在劉姥姥身上瞧見鄉野傳奇的眞實性、俚俗粗鄙的詼諧逗趣，彼此竟成爲一種相互獵奇、相互觀看的關係。

貧窮限制了劉姥姥的想像

說好的世俗角度呢？

讓我們再把焦點轉回劉姥姥第二次入賈府那段情節。不管當天是否有劉姥姥這位外客存在，賈府只是平實地展現生活常態，然而正是這正常發揮，演示了更加精巧的炫富。如象牙鑲金筷、烏木鑲銀筷、一兩銀子的鴿子蛋、二十多兩銀的螃蟹宴、黃楊木雕刻十套杯、汝窯花囊、白玉比目磬、繡花鞋走泥濘石子路、以翡翠盤子盛菊花、一個櫃子比鄉下房間還高大……等等。在一件件、一樁樁讓劉姥姥開眼界的物與事之下；在劉姥姥摔跤後，賈母「叫丫頭們捶一捶」的驚呼聲中，劉姥姥嘴裡雖然回著：「哪那麼嬌嫩。」想必心裡也響起一句OS：「有錢人果然不一樣啊！」

展示豪門日常不夠世俗嗎？我們還可以再市儈一點。

讓我們來盤點一下劉姥姥結束豪宅的丑角龍套後，獲得哪些打賞：

青紗、月白紗、繭綢、絨線等各種高級布料；貴婦等級成衣數套、各式內造點心瓜果（依照皇宮內廷食譜所製成的點心）、各種藥丹（梅花點舌丹、紫金錠、活絡丹、催生保命丹等等，聽起來就很厲害的丹藥）、御田粳米兩斗、兩個「筆錠如意錁子」、價值不菲的古董茶杯「成窯鍾子」一只；另有王熙鳳賞銀八兩、王夫人一百兩。

嘖嘖嘖……，物資不計，劉姥姥第二次進榮國府，總共獲得一百零八兩現銀，若再將「筆錠如意錁子」（以金、銀鑄成如意形狀的一種小錁子，可供賞玩裝飾，當然也是貨幣之一，價值約二十兩。）與「成窯鍾子」（據研究，此明朝官窯燒製的瓷杯，一對價值一百兩以上）變賣成現銀，合計將近二百兩銀子進帳，足夠莊稼農家十年花銷啊！富親戚可謂豪氣、義氣俱足。（果然有錢就可以善良啊！）

三、推薦給劉姥姥的理財祕笈

領了富親戚的好意，自己也該自強才是。劉姥姥與王狗兒該如何處置這一筆天上掉下來的鉅額財富呢？是延續舊時生活模式，省吃儉用保證十年不致饑餓即可？或者試著讓這筆錢保本、變大，以延續三代安康？這可能得要充實一下理財知識、換個腦袋才行了。就讓我們從坊間盛行的理財書籍裡整理出幾個重點，給劉姥姥一些理財建議吧！

(一)換腦袋——建構金錢藍圖，學習成功人士的思維模式[1]

首先，重新檢視自己的金錢藍圖。

你想要賺得的錢，以及你能夠處置的金額有多大？是一百萬？一千萬？還是上億？如果你的金錢藍圖

1 本小節之理財觀點，參考自T. HarvEker著：《有錢人想的和你不一樣》。

是一百萬，那麼就算給你一千萬的意外之財，終究會早早敗光。因此，潛意識的意念很重要。檢視察覺自己整套的金錢概念，拋開舊腦袋裡的舊思想，將心靈檔案夾重新填充上對致富有益、正面積極的意念，認知「有錢人想的和你不一樣」，從而模仿成功人士的思維，付諸行動。

由於劉姥姥一家是從無糧過冬的窮農，瞬間變成擁有可供十年花費的小小富人，這貧富翻轉不能只是金錢從無到有的轉變，更應當是腦袋思維的徹底翻新，才可能一舉脫貧。所以，劉姥姥與女婿王狗兒必須重新定位革新思維。如：

1. 停止責怪與抱怨：王狗兒嗔怨無以過冬，又拉不下臉自己去求親戚。
2. 懂得抓住機會，積極與成功人士往來：劉姥姥積極勸說，要找王夫人求援，日後也與其維持聯繫。
3. 別只專注於付出時間勞力所獲得的收入，要懂得創造淨值：王夫人出手闊綽給出一百兩的鉅額時，可是交代了：「拿去做個小本買賣，或者置幾畝地。」也就是別只專注於死薪水，要懂得增生利潤。怎麼增生利潤呢？讓我們看下去。

(二)換身分——創造被動收入

羅伯特．清崎將人的職場身分分成四類，分置於ESBI象限圖。

E（Employee）：領固定薪水的雇員。

S（Self-Employed）：具備專業能力的專業人士，或者擁有生財資產的自營商。

B（Business Owner）：僱請員工或者建置系統來創造收入的企業家。

I（Investor）：用錢賺錢的投資者。

ES象限的兩類人，都是用勞力與時間賺錢，當工作行爲終止，收入便也歸零；每個人的時間與身體都有極限，因此收入也極爲有限。如此一來，唯有僱用他人、運用他人時間來爲自己工作，以及學會投資以錢滾錢，才能夠賺取無上限的財富，這就是BI象限的企業家與投資家之所以成爲富人的原因。[2]

那麼，王狗兒該怎麼做呢？清朝耶！當然沒有辦法投資股票、基金、虛擬幣，走不到以金融投資爲主的I象限。至少建議他往SB象限發展，用金錢購買資產。如買屋出租當包租公；買幾畝田地，僱請耕者，擴大蔬果生產量，販賣量大收入自然增高，說不定還能成爲批發商呢！地點合適的話，畜牧業也可以如此操作。甚或，經商是更簡便的方式，配合時令，看準時機賤買貴賣。賈家靠俸祿與田租，不僅養活幾百口人，甚而可建造起「白玉爲堂金作馬」的賈府皇宮；薛家則是經商致富，皇商肥缺，富致「珍珠如土金如鐵」。

其實，這些建議也沒啥新意，早在春秋、戰國的子貢、陶朱公就已經這麼做了，陶朱公還富可敵國呢！再不濟，捐個官也可當成下下策吧！好歹是個鐵飯碗。（王狗兒祖上爲官，他應當不至於是白丁

2 本小節之理財觀點，參考自《窮爸爸富爸爸》系列。

吧！……不過，這主意似乎不算良善，有教壞小孩之嫌。）

㈢學理財——有攻有守，聰明消費

除了轉換思維與身分之外，最重要的還是要懂得管理財產。

首先，開設幾個帳戶用來限定金錢用途，如「長期儲蓄帳戶」、「需求帳戶」、「教育帳戶」、「付出帳戶」、「玩樂帳戶」、「財務自由帳戶」等等。[3]「長期儲蓄帳戶」適合占最高比例，以應日後田地、房產等投資所需。其中「玩樂帳戶」也顧及娛樂與生活品質，畢竟，苛待自己而慳吝苦剋，理財理成守財奴，可就沒意思了。追求財富的目的，除了是讓自己無所局限、獲得自由之外，更重要的是有能力幫助他人。

其次，將每一塊錢都當成「種子」，計算著花一分錢出去要能回收兩分錢。[4]所以，將錢花在可能增值的物件上，少買消耗品。如王狗兒若想買交通工具，與其買一臺只能炫富用的華蓋馬車，不如選擇能夠兼顧載人運貨、出租收錢的車種；若要買不動產，盡量買自住有餘之外，還能隔間出租的房子。

總而言之，投資，是致富的方法之一，要將撙節儲蓄而來的金錢當成資本用來購買資產，再以資產孳

---

3 T.HarvEker著：《有錢人想的和你不一樣》，P.204。

4 同上，P.216。

生錢財。

對了，切記！「有投資就有風險。」同樣的投資方式未必適合每一個人，資金額度，更必須是能力範圍之內，也就是符合槓桿原則的喔！

㈣勤讀書——知識、智慧，是財富的來源

理財書籍繁如星海，在眾多理財建議裡，常有一個壓軸般的總結——「知識」。

羅伯特・清琦說：

> 當你還是窮人的時候，你所擁有的唯一真正資產，就是你的頭腦。[5]

因此，將金錢用於學習、投資教育是必須的。世界上最會賺錢的民族——猶太人——告誡後代：

> 知識是一切財富的來源，是可以永久打開財富之門的金鑰匙。

5 《富爸爸窮爸爸》，P.241。

但謹記，要將知識轉化成實實在在的財富，必須學會思考；要靠人的知性與智慧，智慧就是運用知識的能力。[6]

《有錢人想的和你不一樣》說得更直接了，「財富成長的幅度只會被你自己成長的幅度限制住」[7]。

最後，再將焦點轉回《紅樓夢》。王狗兒如果能夠自此奮發向上，邊理財、邊學習，固然最好，若是無法兼顧，便要將知識與文化種子放在下一代，好好規畫一雙兒女板兒、青兒的就學之路。栽培兒女、投資教育刻不容緩。

回顧前情，劉姥姥已經搭建起賈家、王家的遠親橋梁，也許再求個情讓板兒、青兒能入賈府學堂一起

6 《塔木德．猶太人的致富聖經》，P.160~176。

7 《有錢人想的和你不一樣》，P.146。

要重新建構金錢藍圖。
要創造被動收入。
知識是一切財富的來源。

就學，說不定更能提升教育品級。看吧！人脈關係也是致富不可或缺的一環。

所以，讀書吧！充實腦袋才是致富之路最穩固的階梯。

【佳句詞庫】

當日聖樂一奏，百獸率舞，如今纔一牛耳：「百獸率舞」一詞出自於《尚書》，原指各種野獸相率起舞。比喻天下昇平祥和。

劉姥姥飽醉之餘，於簫管笙笛樂音之下歡喜起興而手舞足蹈，林黛玉調侃爲一牛隨樂起舞。雖是尖酸之語，卻也烘托出當日賈府宴席歡慶熱鬧的場面。

【跨域閱讀】

1. T.HarvEker著，陳佳伶譯：《有錢人想的和你不一樣》（臺北市：大塊文化，二〇〇五年）。
2. 羅伯特・T・清琦著，MTS翻譯團隊：《富爸爸窮爸爸》（臺北市：高寶國際出版，二〇一六年）。
3. 佛蘭克・赫爾著，徐世民譯：《塔木德・猶太人的致富聖經》（臺北市：智言館文化，二〇一四年）。

【換你想一想】

化身為劉姥姥的理財經紀人

劉姥姥二進榮國府，總共獲得將近二百兩的銀子，足夠莊稼十年的花費。若將之轉換為當代貨幣，衡量通膨與當代社會情狀，假設約為五百萬臺幣。請你化身為理財經紀人，假設劉姥姥一家為當代人，以當代生活與投資方式，幫劉姥姥妥善規畫，列出理財細項與投注金額等完整企劃，務必幫助劉姥姥一家一舉脫貧。

【知識連結網】編織知識連結網，訓練思考、增強國寫力。

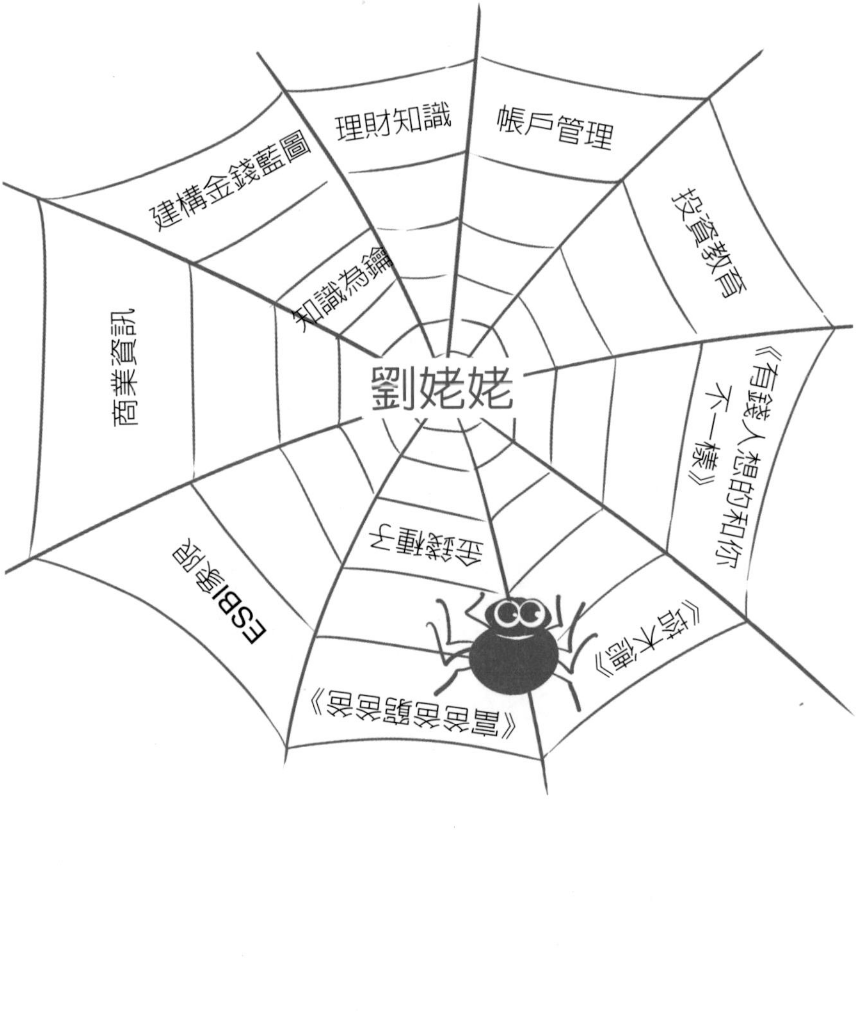

〈勞山道士〉

——哥說的不是法術，是態度

【思考引導】你覺得道德品行比較重要？還是學科成績比較重要？你贊成學校將「道德品行」列爲畢業門檻嗎？

【古文超連結】

以科考及第爲生命目標的蒲松齡，怎麼會跑去寫靈異志怪小說呢？究竟是造物的捉弄還是命運的安排？

一、搜神談鬼蒲松齡

蒲松齡，世稱「聊齋先生」，出生於明末。五歲時，明滅清立。朝代過渡間的攻伐爭戰，遺臣與民間的武力反清，酷吏不仁、豪紳掠奪，以及水、旱、蝗災引發的饑貧慘況等等，是他自小見慣的時代輪廓。

活到老，考到老

蒲家祖上曾是望族，但並未出過顯赫大官。

蒲松齡的父親蒲槃落榜幾次之後，明快地棄文從商，雖拚搏出小康家業，卻也因爲樂善好施、救濟窮苦而散盡資產，待兩房妻妾陸續生下五位兒女之時，蒲家又落入貧困境地。多窮呢？「不能延師」，請不起教師，於是蒲槃「恭自教子」。在這位以未考得功名爲憾的父親教養之下，「天性慧，經史皆過目能了」、有神童之稱的蒲松齡，「日夜攻苦，冀得一第」。

考運會遺傳嗎？

十九歲那年，背負家族與自身期許的蒲松齡初上考場，同時勇奪縣、府、道三試第一，轟動一時。原以爲就此前途穩當，將會一路向上。沒人能料到，這竟是蒲松齡畢生巔峰，此後的N場考試，收到的都只是落榜通知。就這樣，屢考屢敗，屢敗屢考，比辛亥革命還艱辛。幸好，蒲松齡六十六歲時，兩個兒子考上秀才（不是蒲松齡考上喔），蒲松齡自己則是到七十二歲，才以資深秀才的身分補爲貢生，進入國子監就讀。

活到老，考到老，永不氣餒！也是一種新境界啦！

走一條與科舉仕進不同的路

俗話說：「上帝關了你一扇門，會再爲你打開一扇窗。」蒲松齡也許不擅長考試、沒有寫八股文的才能，卻具有文學創作的天賦。

蒲松齡雖然以登科及第爲人生目標，讀書、教學之餘也懂得適時放假，隨性做做自己喜歡的事——聽故事、說故事。而且口味還頗重，喜歡鬼狐花妖、神仙魑魅的鄉野傳奇。面對這些與科考沾不上邊、不入流派（九流十家）的街談巷語，蒲松齡毫不馬虎、認眞經營，設茶攤強攬過路之人，奉茶遞菸蒐羅故事，再加上自己對科考與腐敗官吏的憤慨，任職孫樹百幕僚時期的見聞，完成這本搜神談鬼、寄託孤憤的《聊齋志異》。

《聊齋志異》自刊刻本問世，便「風行天下，萬口傳誦」，幾乎成爲家家必備的傳奇讀本。蒲松齡也算誤打誤撞地發展出第二專長。

蒲松齡一生爲落第不仕所苦，但如果他知道，這些苦楚換來的是傳頌後世的著作，以及媲美西方文豪莫泊桑、「文言短篇小說之王」的稱號，會不會就覺得：值了？

如同他在〈葉生〉這篇小說所說：「人生世上，祇須合眼放步，以聽造物之低昂而已。」聽任造物安排，生命總會找到出口。

說鬼狐，話孤憤

批判人人都會，巧妙各有不同。這本「刺貪、刺虐、諷僞儒」的孤憤之書，將說教與諷刺包裝在故事情境中，也因此創造出一批令人又怕又愛的鬼狐花妖，組成《聊齋》的主旋律。人妖雜纏、陰陽交渡，將志怪小說推上高峰。

此外，孤憤的另一面則是正向價值的頌揚，超現實的魔幻世界更能見出道德的指標。〈勞山道士〉便是這樣一篇講述道德教育重於術科技能的小說。

二、東方魔法學校的隱形校規

勞山，位於山東青島市。崇山峻嶺，靈秀清幽，吸引許多慕仙求道者到此清修，素有「神仙之宅」美稱。既然是修仙學道之所，不妨比擬為魔法學校；以高山與森林為校園的魔法學校。此東方魔法學校近似傳統學堂，表面上沒有校規、校園法等條文制約，實際上卻有著堅不可摧、隱形的規範。〈勞山道士〉便是講述一個搞不清楚校規而鬧糾紛的故事。

以勞動為修行日常

東方魔法學校有極為特殊的入學甄試，不是學科或智力測驗，而是勞動。學生得先通過勞動測試，才得以正式進入學科課程。

聽起來也挺合理。然而，容易引發爭議的是，這場勞動甄試，沒有時程以及量化指標，也就是你不知道砍多少柴、挑幾桶水才能通過甄試、正式進入仙術課程。換個情境想想，如果高中體制沒有明定修業年限，入學後，要像王生一樣早掃暮歸，不知道要掃多久的校園才能具備上課的資格，你願意撐持幾個月？幾年？或者換個比喻，入學之後只告訴你，日常生活就是讀書、讀書、讀書，不用大大小小的段考、畢業考，全由導師一人自由心證地判定你基礎夠了、性格沉穩了，才給予你大學考試的准考證。這樣的狀況會不會有點難熬？是不是比較容易就放棄？

懷著慕道之心上勞山的王生，只撐三個月就放棄了，準備回去舒適圈了。如果說，難以熬過沒有期限的苦差，勉強算是人之常情；那麼，王生自請退學，也不至於受天大的批判吧！

不願吃苦不是什麼天大的錯，錯的是還想要不勞而獲。既然自請退學，就該承擔學藝無成的結果，就別貪求學校要給你special。然而王生不認分，不肯付出也不想空手而歸。心想：「不求白不求。」臨走前情勒一下、撈個小法術，也不至於白走一遭。嘿！沒想到，道士就允了。三言兩語的，傳口訣、唸咒語，不過一盞茶的工夫，王生就學得穿牆術了。下山前，道士叮囑：「歸宜潔持，否則不驗。」

學得穿牆術的王生，回家第一件事便是炫耀遇仙，迫不及待當場表演，小跑步往牆壁飛奔。結果是撞牆而踣、額頭傷腫，在一疊聲「道士無良」的咒罵中，結束了這場學仙鬧劇。

以虔敬的態度為學藝條件

法術爲何失靈呢？因爲王生沒有「潔持」。課本解釋是「潔身修持」、「虔敬的態度」。王生謹記口訣咒語，卻不把「潔持」的叮嚀當一回事，這便是關鍵所在，也道出東方魔法學校隱而未宣的核心校訓：潔身修持。態度、目的，才是修道的根本。

〈勞山道士〉點出修仙的兩個層次：修「道」與學「術」，先道後術，甚至是道重於術。首先，那些砍柴勞力活，是爲了從持續的勞動中，屛除好逸惡勞的習性，培養寡欲靜定的心志以及毅力。其次，本篇小說裡的「道」，毋寧更偏向於抽象的價值體系，如道德修養以及意念態度。因此，學法術之前、施行法術之時必須要「潔持」，秉持虔敬的態度，正向的、無私慾甚至是善的心志，有道之士，才能夠透過學習施展出法術。

而王生自言「少慕道」，跋涉數百里往勞山求道，卻不懂箇中分別，悟不出「道先於術」的道理。他所要學的是「長生術」，不堪勞苦才退而求其次，求個「穿牆術」。他要的只有法術，根本不懂「道」爲何物。而他學法術的目的是什麼呢？看行爲便知，炫耀罷了！炫耀他擁有凡人所沒有的超能力。這與修道者天差地別。

勞山道士的法術用在何處？剪紙成月、酒飲不盡、箸化嫦娥、移席月宮，這些行爲雖然也是享樂的範疇，然而這個享樂無礙他人、不存誇耀。此時施法的目的，只是要解除物理世界的阻礙，達到身心的無所局限與逍遙自在。況且，道士的享樂不是一直玩一直玩，只是偶一爲之，盡興散席之後，助興的幻境還原成尋常的物件。道士提醒弟子：「洗洗睡，別耽誤明早的砍柴勞作。」娛樂是一時的，法術也不過是幻境，身心的修持才是日常。

學習或施行法術，目的很重要、態度很重要。虔敬樸善，才不至於危害人間。聽起來很教條化、老古板嗎？西方的魔法世界，是不是就恣縱颯爽、毫無局限？

三、西方魔法學校的道德教育

魔法想像舉世皆有，自一九九七年 J. K. 羅琳創作出《哈利波特》後，霍格華茲與書中人物風靡全球，爲奇幻小說寫下新的里程碑。其陸續出版的系列小說，獨立又相互串連，組構成一個結構龐大、邏輯縝密、主題多元的魔法世界。繁複多線的情節，都環繞著「霍格華茲」這一座位於蘇格蘭山湖邊，以城堡爲校園的魔法與巫術學校展開。

霍格華茲魔法學院

霍格華茲招收年滿十一歲的孩子。不需入學考試，而是以血統與魔法天賦作爲檢定標準：以出生於「純種」巫師家族者優先；出生「麻瓜」家庭（非魔法界人士，不會使用魔法）卻具魔法天賦者，以及

「混血」（巫師與麻瓜後代），亦具入學資格。出生純種巫師家族、卻不會魔法的「爆竹」，只適合擔任行政工作。

學校爲七年學制，各學年皆有明訂課程，如魔法史、變形課、符咒學、黑魔法防禦術、魔藥學、奇獸飼育學、算數占卜學、麻瓜研究等等，每一科皆有專業教師授課。學科之外，還有最讓學員熱血沸騰的魁地奇飛行球賽。

既然是魔法學校，當然有著各種讓人垂涎渴慕的道具，如魔杖、飛天掃帚、呼嚕粉、隱形斗篷、時光器、祕密感應器、自動作答羽毛筆、劫盜地圖等等。開學時，從倫敦的國王十字車站中的9¾月臺，搭乘「霍格華茲特快列車」進入學校。對了，9¾月臺是一堵牆。

霍格華茲共有四個學院，以四位創校者的姓氏命名，同時也區分了學院間不同的特質：

史萊哲林：狡猾多謀、不擇手段達到目的、野心、足智多謀、領導才能。

葛來分多：勇氣、勇敢、活力，騎士精神。

赫夫帕夫：正直、忠貞、耐力十足、不畏勞苦艱辛。

雷文克勞：機智博學、心思敏捷。

入學後，於開學儀式上，每位學生依序戴上「分類帽」，由分類帽判斷並派發至適合的學院。

這個歷史悠久、體制健全的魔法學校，雖然培養出許多偉大的巫師，卻也由於創辦人之一「史萊哲林」對「純種血統論」的堅持，導致霍格華茲埋伏著分裂因子。其後裔「佛地魔」的權力野心、哈利波特

陣營的奮力對抗，使校園上演鬥智鬥法、生死拚搏的戲碼。而戰鬥的輸贏取決於何？法器與法力？或者意念態度？這個問題的答案，早在前幾集就已定調。

無私意念以及愛的力量

《哈利波特》第一集便登場的魔法石，是塊可煉石成金、淬鍊長生不老藥的寶石，是佛地魔迫切想搶奪的寶物。

校長鄧不利多將魔法石藏於「意若思鏡」，一座可以映照出人們內心渴望的鏡子。在佛地魔（寄身於奎若）與哈利的搶奪對峙中，哈利凝視鏡子裡拿著寶石的自己的虛像，鏡中寶石竟然就自動落入現實中哈利的口袋。哈利驚異卻無法理解。事後，校長鄧不力多解答：因爲哈利只是想「找到它」、「保護它」，不落入野心人士之手，並不是想「使用它」。寶物不會交予懷有貪妄慾念的人；魔法的靈驗與否，取決於使用者的意念與目的。

那麼，你是否要提出異議？不講善惡、權力至上的大BOSS佛地魔，不也學成魔法？當他得知足以消滅自己的對等勁敵哈利波特降生之時，還不是能夠大展法力、大開殺戒？

沒錯！但你想，佛地魔最終敗給誰？為何殺不了哈利？為何法力失效、元氣大傷？因為愛！因為哈利的母親莉莉，對兒子強烈的愛形成了他永遠的保護力量。

> 曾經被某個人深深愛過，即使那個愛我們的人已經死亡，也將會留給我們某種永遠的保護力量。[1]

在那場不是你死就是我亡的正邪大戰之中，佛地魔的索命咒碰上以愛形成的保護層，竟反彈回佛地魔身上以致傷殘，部分靈魂碎片只好遁入其他身體。而當下活著的生命體有誰呢？只剩下哈利波特了。佛地魔在哈利額頭留下一道疤，同時也把自己的某些力量傳給了他。於是，有著父母良善基因的哈利，也在這場大戰中被植入了佛地魔部分的惡質。這便是哈利身體有史萊哲林的特質、能說爬說語的原因。

那麼，天賦異稟且同時擁有善、惡特質的哈利，會往哪個方向走？

1 《哈利波特——神祕的魔法石》，P.297。

自主選擇比天賦才能重要

讓我們回溯到入學儀式那天。

當哈利戴上那頂可分析人物性格的「分類帽」時，耳邊響起一疊聲細細的聲音；「勇氣足夠」、「心地不壞」、「有才華」、「急著想證明自己的慾望」、「可以有一番了不起的成就……史萊哲林可以幫助你登上顛峰」等。但聽聞史萊哲林黑歷史的哈利，怕極了自己被分入培養出「那個人（佛地魔）」的史萊哲林，內心憂慮又排斥，不斷默禱：「不要史萊哲林、不要史萊哲林。」分類帽依從哈利意志，將其派至「葛來分多」。

始終心懷困惑的哈利，終於得到鄧不利多的解答：

我們的選擇，遠比我們的天賦才能更能展示出我們的眞貌。[2]

即便哈利在被追殺時烙印了惡質，他卻透過自主的選擇，選擇了不與惡爲伍、驅離惡的種種可能。同樣的，佛地魔選擇信從怎樣的價值觀呢？他說：「世上並沒有善與惡，有的只是權力。」就是這樣的意念鑄造了佛地魔，被權力慾望浸蝕、機關算盡，終究是敗亡的下場。

---

2 《哈利波特——消失的密室》，P.387。

作爲魔法學校，霍格華茲重視的是什麼呢？精深的魔法？還是道德態度的養成？答案顯而易見，正向的意念態度才是致勝王道。

【佳句文庫】

喜疢毒而畏藥石：喜聽阿諛諂媚的言論，而拒斥忠言直諫。原典出於《左傳》，用以諷諭統治者。也可引伸來勸戒人切勿沉迷於奉承與逸樂，做事投機取巧、貪圖近功而忘卻勤力進取。

【跨域閱讀】

1. J. K.羅琳（J. K. Rowling），彭倩文譯：《哈利波特》系列（臺北市：皇冠，二〇〇〇年）。
2. 韓劇《Moving異能》，Disney+，二〇二三年。

【換你想一想】

別說虛構小說愛說教，當代的魔術界也奉行道德戒條，一旦德行敗壞，能力便會減弱。當代魔術師大衛考柏菲（David Copperfield，一九五六年～），以穿越萬里長城、使美國自由女神消失、漂浮於美國科羅拉多大峽谷等魔術聞名世界。他在一次採訪中提到，小孩子最容易看穿魔術表演背後的實質，因為其內心純淨沒有私心雜念；超能力不能用來賺錢或打亂正常社會的狀態，所以他從不買彩券；定期檢視自身行為，有錯立即改正。[3]

所以說，法術這種超能力如同特權，是把雙面刃，利於行善，也便於作惡，會對世界造成極大的影響。因此，法術、權力掌握在什麼人手上是至關重要的。

正巧，「Disney+」平臺正熱播的韓劇《Moving異能》，便是講述超能力者的故事。劇中的異能者，大多時候混跡凡俗、低調行事，他們曾經為了生存保護親友、守護公義價值而施展超能力，也曾經被國家籌組成祕密組織，成為執行滅絕敵人的殺人工具。他們可以是怪物，也可以是英雄。

請你想像，你想要擁有哪一種魔法、超能力？這種魔法可以用來做什麼善事？也可以做什麼惡行？

---

3 〈出神入化魔術奇人大衛考柏菲〉，《看雜誌》，https://www.watchinese.com/article/2017/22804

【知識連結網】編織知識連結網，訓練思考、增強國寫力。

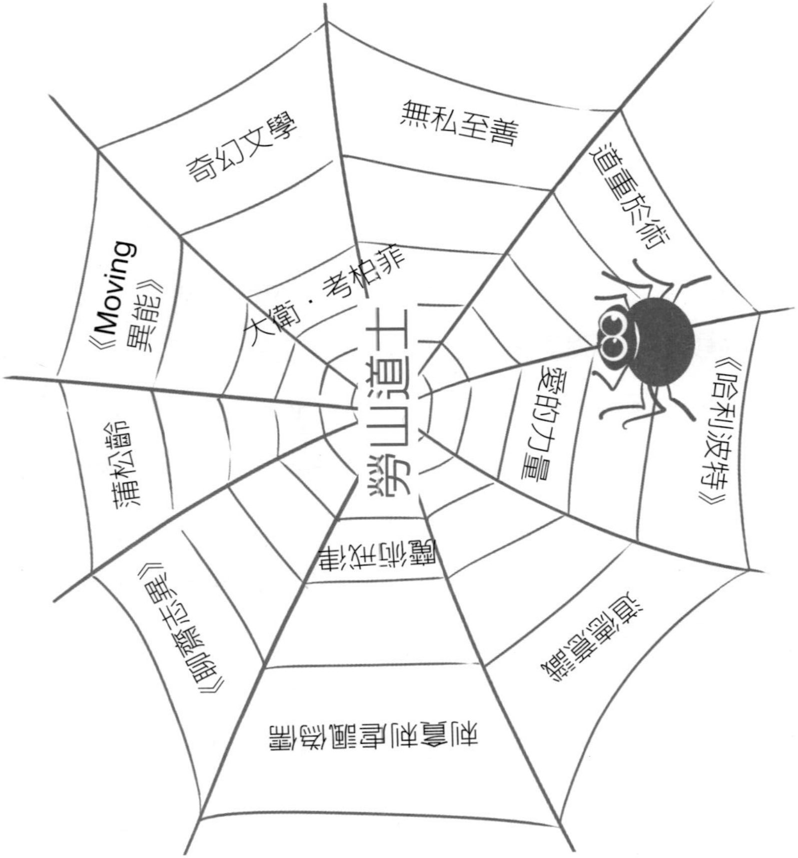

古文原典

張李德和〈畫菊自序〉

人爲萬物之靈，志有萬端之異。學琴學詩均從所好，工書工畫各有專長，是故咳唾珠玉，謫仙闢詩學之源；節奏鏗鏘，蔡女撰胡笳之拍，此皆不墮聰明，而有志竟成者也。

若夫銀鉤鐵畫，固屬難窺；儷白妃青，亦非易事。余因停機教子之餘，調藥助夫之暇，竊慕管夫人之墨竹，紙上生風；敢藉陶彭澤之黃花，圖中寫影。庶幾秋姿不老，四座流芬；得比勁節長垂，千人共仰。竟率意而鴉塗，莫自知其鳩拙云爾。

庚寅仲秋

題襟亭主人張李德和

歸有光〈項脊軒志〉

項脊軒，舊南閤子也。室僅方丈，可容一人居。百年老屋，塵泥滲漉，雨澤下注，每移案，顧視無可置者。又北向，不能得日，日過午已昏。余稍爲修葺，使不上漏。前闢四窗，垣牆周庭，以當南日。日影反照，室始洞然。又雜植蘭、桂、竹、木於庭，舊時欄楯，亦遂增勝。借書滿架，偃仰嘯歌，冥然兀坐，萬籟有聲，而庭階寂寂，小鳥時來啄食，人至不去。三五之夜，明月半牆，桂影斑駁，風移影動，珊珊可愛。

然余居於此，多可喜，亦多可悲。先是，庭中通南北爲一，迨諸父異爨，內外多置小門牆，往往而是。東犬西吠，客踰庖而宴，雞棲於廳。庭中始爲籬，已爲牆，凡再變矣。家有老嫗，嘗居於此。嫗，先大母婢也，乳二世，先妣撫之甚厚。室西連於中閨，先妣嘗一至。嫗每謂余曰：「某所，而母立於茲。」嫗又曰：「汝姊在吾懷，呱呱而泣，娘以指扣門扉曰：『兒寒乎？欲食乎？』吾從板外相爲應答。」語未畢，余泣，嫗亦泣。余自束髮讀書軒中，一日，大母過余曰：「吾兒，久不見若影，何竟日默默在此，大類女郎也？」比去，以手闔門，自語曰：「吾家讀書久不效，兒之成，則可待乎！」頃之，持一象笏至，曰：「此吾祖太常公宣德間執此以朝，他日汝當用之。」瞻顧遺跡，如在昨日，令人長號不自禁。

軒東故嘗爲廚，人往，從軒前過。余扃牖而居，久之，能以足音辨人。軒凡四遭火，得不焚，殆有神護者。

項脊生曰：「蜀清守丹穴，利甲天下，其後秦皇帝築女懷清臺。劉玄德與曹操爭天下，諸葛孔明起隴中。方二人之昧昧於一隅也，世何足以知之？余區區處敗屋中，方揚眉瞬目，謂有奇景。人知之者，其謂與埳井之蛙何異？」

余既爲此志，後五年，吾妻來歸，時至軒中，從余問古事，或憑几學書。吾妻歸寧，述諸小妹語曰：「聞姊家有閤子，且何謂閤子也？」其後六年，吾妻死，室壞不修。其後二年，余久臥病無聊，乃使人復葺南閤子，其制稍異於前。然自後余多在外，不常居。

庭有枇杷樹，吾妻死之年所手植也，今已亭亭如蓋矣。

李斯〈諫逐客書〉

臣聞吏議逐客，竊以爲過矣。

昔繆公求士，西取由余於戎，東得百里奚於宛，迎蹇叔於宋，來丕豹、公孫支於晉。此五子者，不產於秦，而繆公用之，并國二十，遂霸西戎。孝公用商鞅之法，移風易俗，民以殷盛，國以富彊，百姓樂用，諸侯親服，獲楚、魏之師，舉地千里，至今治彊。惠王用張儀之計，拔三川之地，西并巴、蜀，北收上郡，南取漢中，包九夷，制鄢、郢，東據成皋之險，割膏腴之壤，遂散六國之從，使之西面事秦，功施到今。昭王得范雎，廢穰侯，逐華陽，彊公室，杜私門，蠶食諸侯，使秦成帝業。此四君者，皆以客之功。由此觀之，客何負於秦哉？向使四君卻客而不內，疏士而不用，是使國無富利之實，而秦無彊大之名也。

今陛下致昆山之玉，有隨、和之寶，垂明月之珠，服太阿之劍，乘纖離之馬，建翠鳳之旗，樹靈鼉之鼓。此數寶者，秦不生一焉，而陛下說之，何也？必秦國之所生然後可，則是夜光之璧不飾朝廷，犀象之器不爲玩好，鄭、衛之女不充後宮，而駿良駃騠不實外廄，江南金錫不爲用，西蜀丹青不爲采。所以飾後宮，充下陳，娛心意，說耳目者，必出於秦然後可，則是宛珠之簪，傅璣之珥，阿縞之衣，錦繡之飾，不進於前；而隨俗雅化，佳冶窈窕，趙女不立於側也。夫擊甕叩缶，彈箏搏髀，而歌呼嗚嗚快耳者，眞秦之聲也；鄭、衛、桑間、韶虞、武象者，異國之樂也。今棄擊甕叩缶而就鄭、衛，退彈箏而取韶虞，若是者何也？快意當前，適觀而已矣！今取人則不然，不問可否，不論曲直，非秦者去，爲客者逐。然則是所重者在乎色樂珠玉，而所輕者在乎人民也！此非所以跨海內、制諸侯之術也。

臣聞地廣者粟多，國大者人眾，兵彊則士勇。是以泰山不讓土壤，故能成其大；河海不擇細流，故能就其深；王者不卻眾庶，故能明其德。是以地無四方，民無異國，四時充美，鬼神降福，此五帝三王之所以無敵也。今乃棄黔首以資敵國，卻賓客以業諸侯，使天下之士，退而不敢西向，裹足不入秦，此所謂藉寇兵而齎盜糧者也。

夫物不產於秦，可寶者多；士不產於秦，而願忠者眾。今逐客以資敵國，損民以益讎，內自虛而外樹怨於諸侯，求國無危，不可得也。

司馬遷〈鴻門宴〉

楚軍夜擊，坑秦卒二十餘萬人新安城南。行略定秦地，至函谷關，有兵守關，不得入。又聞沛公已破咸陽，項羽大怒，使當陽君等擊關，項羽遂入，至於戲西。沛公軍霸上，未得與項羽相見。沛公左司馬曹無傷使人言於項羽曰：「沛公欲王關中，使子嬰爲相，珍寶盡有之。」項羽大怒，曰：「旦日饗士卒，爲擊破沛公軍！」當是時，項羽兵四十萬，在新豐鴻門；沛公兵十萬，在霸上。范增説項羽曰：「沛公居山東時，貪於財貨，好美姬；今入關，財物無所取，婦女無所幸，此其志不在小。吾令人望其氣，皆爲龍虎，成五采，此天子氣也。急擊勿失！」

楚左尹項伯者，項羽季父也，素善留侯張良。張良是時從沛公，項伯乃夜馳之沛公軍，私見張良，具告以事，欲呼張良與俱去。曰：「毋從俱死也！」張良曰：「臣爲韓王送沛公。沛公今事有急，亡去不義，不可不語。」良乃入，具告沛公。沛公大驚，曰：「爲之奈何？」張良曰：「誰爲大王爲此計者？」曰：「鯫生説我曰：『距關，毋內諸侯，秦地可盡王也。』故聽之。」良曰：「料大王士卒足以當項王乎？」沛公默然，曰：「固不如也，且爲之奈何？」張良曰：「請往謂項伯，言沛公不敢背項王也。」沛公曰：「君安與項伯有故？」張良曰：「秦時與臣游，項伯殺人，臣活之。今事有急，故幸來告良。」沛公曰：「孰與君少長？」良曰：「長於臣。」沛公曰：「君爲我呼入，吾得兄事之。」張良出，要項伯。項伯即入見沛公。沛公奉卮酒爲壽，約爲婚姻，曰：「吾入關，秋毫不敢有所近，籍吏民、封府庫而待將軍。所以遣將守關者，備他盜之出入與非常也。日夜望將軍至，豈敢反乎？願伯具言臣之不敢倍德也。」項伯許諾，謂沛公曰：「旦日不可不蚤自來謝項王。」沛公曰：「諾。」於是項伯復夜去。至軍中，具以沛公言報項王，因言曰：「沛公不先破關中，公豈敢入乎？今人有大功而擊之，不義也，不如因善遇之。」項王許諾。

沛公旦日從百餘騎來見項王，至鴻門，謝曰：「臣與將軍戮力而攻秦，將軍戰河北，臣戰河南，然不自意能先入關破秦，得復見將軍於此。今者有小人之言，令將軍與臣有郤。」項王曰：「此沛公左司馬曹無傷言之。不然，籍何以至此？」項王即日因留沛公與飲。項王、項伯東嚮坐，亞父南嚮坐——亞父者，范增也；沛公北嚮坐，張良西嚮侍。范增數目項王，舉所佩玉玦以示之者三，項王默然不應。范增起，出召項莊，謂曰：「君王爲人不忍。若入，前爲壽，壽畢，請以劍舞，因擊沛公於坐，殺之。不者，若屬皆且爲所虜！」莊則入爲壽，壽畢，曰：「君王與沛公飲，軍中無以爲樂，請以劍舞。」項王曰：「諾。」項莊拔劍起舞，項伯亦拔劍起舞，常以身翼蔽沛公，莊不得擊。於是張良至軍門見樊噲。樊噲曰：「今日之事何如？」良曰：「甚急！今者項莊拔劍舞，其意常在沛公也。」噲曰：「此迫矣！臣請入，與之同命！」噲即帶劍擁盾入軍門。交戟之衛士欲止不內，樊噲側其盾以撞，衛士仆地，噲遂入，披帷，西嚮立，瞋目視項王，頭髮上指，目眥盡裂。項王按劍而跽，曰：「客何爲者？」張良曰：「沛公之參乘樊噲者也。」項王曰：「壯士！賜之卮酒。」則與斗卮酒。噲拜謝，起，立而飲之。項王曰：「賜之彘肩。」則與一生彘肩。樊噲覆其盾於地，加彘肩上，拔劍切而啗之。項王曰：「壯士！能復飲乎？」樊噲曰：「臣死且不避，卮酒安足辭！夫秦王有虎狼之心，殺人如不能舉，刑人如恐不勝，天下皆叛之。懷王與諸將約曰：『先破秦入咸陽者王之。』今沛公先破秦入咸陽，毫毛不敢有所近，封閉宮室，還軍霸上，以待大王來。故遣將守關者，備他盜出入與非常也。勞苦而功高如此，未有封侯之賞，而聽細說，欲誅有功之人，此亡秦之續耳，竊爲大王不取也。」項王未有以應，曰：「坐！」樊噲從良坐。

坐須臾，沛公起如廁，因招樊噲出。沛公已出，項王使都尉陳平召沛公。沛公曰：「今者出，未辭也，爲之奈何？」樊噲曰：「大行不顧細謹，大禮不辭小讓。如今人方爲刀俎，我爲魚肉，何辭爲？」於是遂去。乃令張良留謝。良問曰：「大王來何操？」曰：「我持白璧一雙，欲獻項王；玉斗一雙，欲與亞父。會其怒，不敢獻，公爲我獻之。」張良曰：「謹諾。」當是時，項王軍在鴻門下，沛公軍在霸上，相去四十里。

沛公則置車騎，脫身獨騎，與樊噲、夏侯嬰、靳彊、紀信等四人持劍盾步走，從酈山下，道芷陽閒行。沛公謂張良曰：「從此道至吾軍，不過二十里耳。度我至軍中，公乃入。」沛公已去，閒至軍中，張良入謝，曰：「沛公不勝桮杓，不能辭，謹使臣良奉白璧一雙，再拜獻大王足下；玉斗一雙，再拜奉大將軍足下。」項王曰：「沛公安在？」良曰：「聞大王有意督過之，脫身獨去，已至軍矣。」項王則受璧，置之坐上。亞父受玉斗，置之地，拔劍撞而破之，曰：「唉！豎子不足與謀！奪項王天下者，必沛公也。吾屬今為之虜矣！」沛公至軍，立誅殺曹無傷。

羅貫中〈草船借箭〉

卻說魯肅領了周瑜言語，逕來舟中相探孔明，孔明接入小舟對坐。肅曰：「連日措辦軍務，有失聽教。」孔明曰：「便是亮亦未與都督賀喜。」肅曰：「何喜？」孔明曰：「公瑾使先生來探亮知也不知，便是這件事可賀喜耳。」諕得魯肅失色問曰：「先生何由知之？」孔明曰：「這條計只好弄蔣幹。曹操雖被一時瞞過，必然便省悟，只是不肯認錯耳。今蔡、張兩人既死，江東無患矣，如何不賀喜？吾聞曹操換毛玠，于禁為水軍都督，在這兩個手裏，好歹送了水軍性命。」

魯肅聽了，開口不得，把些言語支吾了半晌，別孔明而回。孔明囑曰：「望子敬在公瑾面前勿言亮先知此事。恐公瑾心懷妒忌，又要尋事害亮。」魯肅應諾而去，回見周瑜，把上項事只得實說了。瑜大驚曰：「此人決不可留！吾決意斬之！」肅勸曰：「若殺孔明，卻被曹操笑也。」瑜曰：「吾自有公道斬之，教他死而無怨。」肅曰：「以何公道斬之？」瑜曰：「子敬休問，來日便見。」

次日，聚眾將於帳下，教請孔明議事。孔明欣然而至。坐定，瑜問孔明曰：「即日將與曹軍交戰，水路交兵，當以何兵器爲先？」孔明曰：「大江之上，以弓箭爲先。」瑜曰：「先生之言，甚合吾意。但今軍中正缺箭用，敢煩先生監造十萬枝箭，以爲應敵之具。此係公事，先生幸勿推卻。」孔明曰：「都督見委，自當效勞。敢問十萬枝箭，何時要用？」瑜曰：「十日之內，可辦完否？」孔明曰：「操軍即日將至，若候十日，必誤大事。」瑜曰：「先生料幾日可辦完？」孔明曰：「只消三日，便可拜納十萬枝箭。」瑜曰：「軍中無戲言。」孔明曰：「怎敢戲都督！願納軍令狀：三日不辦，甘當重罰。」

瑜大喜，喚軍政司當面取了文書，置酒相待曰：「待軍事畢後，自有酬勞。」孔明曰：「今日已不及，來日造起。至第三日，可差五百小軍到江邊搬箭。」飲了數杯，辭去。魯肅曰：「此人莫非詐乎？」瑜曰：「他自送死，非我逼他。今明白對眾要了文書，他便兩脅生翅，也飛不去。我只分付軍匠人等，教他故意遲延，凡應用物件，都不與齊備。如此，必然誤了日期。那時定罪，有何理說？公今可去探他虛實，卻來回報。」

肅領命來見孔明。孔明曰：「吾曾告子敬，休對公瑾說，他必要害我。不想子敬不肯為我隱諱，今日果然又弄出事來。三日內如何造得十萬箭？子敬只得救我！」肅曰：「公自取其禍，我如何救得你？」孔明曰：「望子敬借我二十隻船，每船要軍士三十人，船上皆用青布為幔，各束草千餘個，分布兩邊。吾自有妙用。第三日包管有十萬枝箭。只不可又教公瑾得知；若彼知之，吾計敗矣。」

肅應諾，卻不解其意，回報周瑜，果然不提起借船之事；只言孔明並不用箭竹翎毛膠漆等物，自有道理。瑜大疑曰：「且看他三日後如何回覆我！」

卻說魯肅私自撥輕快船二十隻，各船三十餘人，並布幔束草等物，盡皆齊備，候孔明調用。第一日卻不見孔明動靜；第二日亦只不動。至第三日四更時分，孔明密請魯肅到船中。肅問曰：「公召我來何意？」孔明曰：「特請子敬同往取箭。」肅曰：「何處去取？」孔明曰：「子敬休問，前去便見。」遂命將二十隻船，用長索相連，逕望北岸進發。是夜大霧漫天，長江之中，霧氣更甚，對面不相見。孔明促舟前進，果然是好大霧……

當夜五更時候，船已近曹操水寨。孔明教把船隻頭西尾東，一帶擺開，就船上擂鼓吶喊。魯肅驚曰：「倘曹兵齊出，如之奈何？」孔明笑曰：「吾料曹操於重霧中必不敢出。吾等只顧酌酒取樂，待霧散便回。」

卻說曹操寨中，聽得擂鼓吶喊，毛玠，于禁，二人慌忙飛報曹操。操傳令曰：「重霧迷江，彼軍忽至，必有埋伏，切不可輕動。可撥水軍弓弩手亂射之。」又差人往旱寨內喚張遼，徐晃，各帶弓弩軍三千，火速到江邊助射。比及號令到來，毛玠，于禁，怕南軍搶入水寨，已差弓弩手在寨前放箭。

少頃，旱寨內弓弩手亦到，約一萬餘人，盡皆向江中放箭：箭如雨發。孔明教把船掉轉，頭東尾西，逼近水寨受箭，一面擂鼓吶喊。待至日高霧散，孔明令收船急回。二十隻船兩邊束草上，排滿箭枝。孔明令各船上軍士齊聲叫曰：「謝丞相箭！」比及曹軍寨內報知曹操時，這裏船輕水急，已放回二十餘里，追之不及，曹操懊悔不已。

卻說孔明回船謂魯肅曰：「每船上箭約五六千矣。不費江東半分之力，已得十萬餘箭。明日即將來射曹軍，卻不甚便？」肅曰：「先生眞神人也！何以知今日如此大霧？」孔明曰：「爲將而不通天文，不識地利，不知奇門，不曉陰陽，不看陣圖，不明兵勢，是庸才也。亮於三日前已算定今日有大霧，因此敢任三日之限。公瑾教我十日完辦，工匠料物，都不應手，將這一件風流罪過，明白要殺我；我命繫於天，公瑾焉能害我哉！」

魯肅拜服。船到岸時，周瑜已差五百軍在江邊等候搬箭。孔明教於船上取之，可得十餘萬枝。都搬入中軍帳交納。魯肅入見周瑜，備說孔明取箭之事。瑜大驚，慨然嘆曰：「孔明神機妙算，吾不如也！」

陶淵明〈桃花源記〉

晉太元中，武陵人，捕魚爲業，緣溪行，忘路之遠近。忽逢桃花林，夾岸數百步，中無雜樹，芳草鮮美，落英繽紛。漁人甚異之，復前行，欲窮其林。林盡水源，便得一山。山有小口，彷彿若有光。便捨船，從口入。

初極狹，纔通人，復行數十步，豁然開朗。土地平曠，屋舍儼然，有良田、美池、桑、竹之屬，阡陌交通，雞犬相聞。其中往來種作，男女衣著，悉如外人；黃髮垂髫，並怡然自樂。見漁人，乃大驚，問所從來，具答之。便要還家，設酒、殺雞、作食。村中聞有此人，咸來問訊。自云先世避秦時亂，率妻子邑人來此絕境，不復出焉，遂與外人間隔。問今是何世，乃不知有漢，無論魏、晉！此人一一爲具言所聞，皆嘆惋。餘人各復延至其家，皆出酒食。停數日，辭去。此中人語云：「不足爲外人道也。」

既出，得其船，便扶向路，處處誌之。及郡下，詣太守，說如此。太守即遣人隨其往，尋向所誌，遂迷不復得路。南陽劉子驥，高尚士也，聞之，欣然規往。未果，尋病終。後遂無問津者。

蘇軾〈赤壁賦〉

壬戌之秋，七月既望，蘇子與客泛舟遊於赤壁之下。清風徐來，水波不興。舉酒屬客，誦明月之詩，歌窈窕之章。少焉，月出於東山之上，徘徊於斗牛之間。白露橫江，水光接天。縱一葦之所如，凌萬頃之茫然。浩浩乎如馮虛御風，而不知其所止；飄飄乎如遺世獨立，羽化而登仙。

於是飲酒樂甚，扣舷而歌之。歌曰：「桂棹兮蘭槳，擊空明兮泝流光。渺渺兮余懷，望美人兮天一方。」客有吹洞簫者，倚歌而和之。其聲嗚嗚然，如怨、如慕、如泣、如訴，餘音嫋嫋，不絕如縷，舞幽壑之潛蛟，泣孤舟之嫠婦。

蘇子愀然，正襟危坐而問客曰：「何爲其然也？」客曰：「『月明星稀，烏鵲南飛』，此非曹孟德之詩乎？西望夏口，東望武昌，山川相繆，鬱乎蒼蒼，此非孟德之困於周郎者乎？方其破荊州，下江陵，順流而東也，舳艫千里，旌旗蔽空，釃酒臨江，橫槊賦詩，固一世之雄也，而今安在哉？況吾與子，漁樵於江渚之上，侶魚蝦而友麋鹿；駕一葉之扁舟，舉匏樽以相屬；寄蜉蝣於天地，渺滄海之一粟。哀吾生之須臾，羨長江之無窮；挾飛仙以遨遊，抱明月而長終。知不可乎驟得，託遺響於悲風。」

蘇子曰：「客亦知夫水與月乎？逝者如斯，而未嘗往也；盈虛者如彼，而卒莫消長也。蓋將自其變者而觀之，則天地曾不能以一瞬；自其不變者而觀之，則物與我皆無盡也，而又何羨乎？且夫天地之間，物各有主，苟非吾之所有，雖一毫而莫取。惟江上之清風，與山間之明月，耳得之而爲聲，目遇之而成色，取之無禁，用之不竭，是造物者之無盡藏也，而吾與子之所共適。」

客喜而笑，洗盞更酌。肴核既盡，杯盤狼藉。相與枕藉乎舟中，不知東方之既白。

韓愈〈師說〉

古之學者必有師。師者，所以傳道、受業、解惑也。人非生而知之者，孰能無惑？惑而不從師，其爲惑也終不解矣！

生乎吾前，其聞道也，固先乎吾，吾從而師之；生乎吾後，其聞道也，亦先乎吾，吾從而師之。吾師道也，夫庸知其年之先後生於吾乎？是故無貴無賤、無長無少，道之所存，師之所存也。

嗟乎！師道之不傳也久矣！欲人之無惑也難矣！古之聖人，其出人也遠矣，猶且從師而問焉；今之眾人，其下聖人也亦遠矣，而恥學於師。是故聖益聖，愚益愚。聖人之所以爲聖，愚人之所以爲愚，其皆出於此乎？

愛其子，擇師而教之，於其身也則恥師焉，惑矣！彼童子之師，授之書而習其句讀者也，非吾所謂傳其道、解其惑者也。句讀之不知，惑之不解，或師焉，或不焉，小學而大遺，吾未見其明也。

巫、醫、樂師、百工之人，不恥相師；士大夫之族，曰師、曰弟子云者，則群聚而笑之。問之，則曰：「彼與彼年相若也，道相似也。」位卑則足羞，官盛則近諛。嗚呼！師道之不復可知矣！巫、醫、樂師、百工之人，君子不齒，今其智乃反不能及，其可怪也歟！

聖人無常師：孔子師郯子、萇弘、師襄、老聃。郯子之徒，其賢不及孔子。孔子曰：「三人行，則必有我師。」是故弟子不必不如師，師不必賢於弟子。聞道有先後，術業有專攻，如是而已。

李氏子蟠，年十七，好古文，六藝經傳，皆通習之。不拘於時，請學於余，余嘉其能行古道，作師說以貽之。

〈大同與小康〉

昔者，仲尼與於蜡賓，事畢，出遊於觀之上，喟然而嘆。仲尼之嘆，蓋嘆魯也。言偃在側，曰：「君子何嘆？」

孔子曰：「大道之行也，與三代之英，丘未之逮也，而有志焉。大道之行也，天下爲公，選賢與能，講信修睦。故人不獨親其親，不獨子其子，使老有所終，壯有所用，幼有所長，矜、寡、孤、獨、廢、疾者皆有所養，男有分，女有歸。貨惡其棄於地也，不必藏於己；力惡其不出於身也，不必爲己。是故謀閉而不興，盜竊亂賊而不作，故外户而不閉。是謂『大同』。

今大道既隱，天下爲家，各親其親，各子其子，貨力爲己。大人世及以爲禮，城郭溝池以爲固，禮義以爲紀。以正君臣，以篤父子，以睦兄弟，以和夫婦，以設制度，以立田里，以賢勇知，以功爲己。故謀用是作，而兵由此起。禹、湯、文、武、成王、周公，由此其選也。此六君子者，未有不謹於禮者也。以著其義，以考其信，著有過，刑仁講讓，示民有常。如有不由此者，在埶者去，眾以爲殃。是謂『小康』。」

李後主詞選

李煜〈一斛珠〉

曉妝初過，沉檀輕注些兒個。向人微露丁香顆，一曲清歌，暫引櫻桃破。
羅袖裛殘殷色可，杯深旋被香醪涴。繡牀斜憑嬌無那，爛嚼紅茸，笑向檀郎唾。

李煜〈相見歡〉

無言獨上西樓，月如鉤。寂寞梧桐深院鎖清秋。
剪不斷，理還亂，是離愁。別是一般滋味在心頭。

李煜〈虞美人〉

春花秋月何時了？往事知多少？小樓昨夜又東風，故國不堪回首月明中！
雕闌玉砌應猶在，只是朱顏改。問君能有幾多愁？恰似一江春水向東流！

李煜〈浪淘沙〉

簾外雨潺潺，春意闌珊。羅衾不耐五更寒。夢裏不知身是客，一晌貪歡。

獨自莫憑欄，無限江山，別時容易見時難。流水落花春去也，天上人間。

曹雪芹〈劉姥姥進大觀園〉

次日清早起來，可喜這日天氣清朗。李紈侵晨先起，看著老婆子、丫頭們掃那些落葉，並擦抹桌椅，預備茶酒器皿。只見豐兒帶了劉姥姥、板兒進來，說：「大奶奶倒忙的緊。」李紈笑道：「我說妳昨兒去不成，只忙著要去。」劉姥姥笑道：「老太太留下我，叫我也熱鬧一天去。」豐兒拿了幾把大小鑰匙，說道：「我們奶奶說了，外頭的高几恐不夠使，不如開了樓，把那收著的拿下來使一天罷。奶奶原該親自來的，因和太太說話呢，請大奶奶開了，帶著人搬罷。」李氏便令素雲接了鑰匙，又令婆子出去把二門上的小廝叫幾個來。李氏站在大觀樓下往上看，令人上去開了綴錦閣，一張一張往下抬。小廝、老婆子、丫頭一齊動手，抬了二十多張下來。李紈道：「好生著，別慌慌張張鬼趕來似的，仔細碰了牙子！」又回頭向劉姥姥笑道：「姥姥，妳也上去瞧瞧。」劉姥姥聽說，巴不得一聲兒，便拉了板兒登梯上去。進裡面，只見烏壓壓的堆著些圍屏、桌椅、大小花燈之類，雖不大認得，只見五彩炫耀，各有奇妙。念了幾聲佛，便下來了。然後鎖上門，一齊才下來。李紈道：「恐怕老太太高興，越發把船上划子、篙槳、遮陽幔子都搬了下來預備著。」眾人答應，復又開了，色色的搬了下來。令小廝傳駕娘們到船塢裡撐出兩隻船來。

正亂著安排，只見賈母已帶了一群人進來了。李紈忙迎上去，笑道：「老太太高興，倒進來了。我只當還沒梳頭呢，才擷了菊花要送去。」一面說，一面碧月早捧過一個大荷葉式的翡翠盤子來，裡面盛著各色的折枝菊花。賈母便揀了一朵大紅的簪於鬢上。因回頭看見了劉姥姥，忙笑道：「過來帶花兒。」一語未完，鳳姐便拉過劉姥姥來，笑道：「讓我打扮妳。」說著，將一盤子花橫三豎四的插了一頭。賈母和眾人笑的了不得。劉姥姥笑道：「我這頭也不知修了什麼福，今兒這樣體面起來！」眾人笑道：「妳還不拔下來摔到她臉上呢，把妳打扮的成了個老妖精了。」劉姥姥笑道：「我雖老了，年輕時也風流，愛個花兒粉兒的，今兒索性做個老風流！」

說笑之間，已來至沁芳亭上。丫鬟們抱了一個大錦褥子來，鋪在欄杆榻板上，賈母倚柱坐下，命劉姥姥也坐在旁邊，因問她：「這園子好不好？」劉姥姥念佛說道：「我們鄉下人到了年下，都上城來買畫兒貼。時常閒了，大家都說：『怎麼得也到畫兒上去逛逛。』想著那個畫兒也不過是假的，哪裡有這個眞地方呢？誰知我今兒進這園裡一瞧，竟比那畫兒還強十倍。怎麼得有人也照著這個園子畫一張，我帶了家去給他們見見，死了也得好處。」賈母聽說，便指著惜春笑道：「妳瞧，我這個小孫女兒，她就會畫。等明兒叫她畫一張如何？」劉姥姥聽了，喜的忙跑過來拉著惜春說道：「我的姑娘，妳這麼大年紀兒，又這麼個好模樣，還有這個能幹，別是神仙托生的罷！」

賈母少歇一回，自然領著劉姥姥都見識見識。先到了瀟湘館。一進門，只見兩邊翠竹夾路，土地下蒼苔布滿，中間羊腸一條石子漫的路。劉姥姥讓出路來與賈母眾人走，自己卻走土地。琥珀拉著他說道：「姥姥，妳上來走，仔細蒼苔滑了。」劉姥姥道：「不相干的，我們走熟了的，姑娘們只管走罷。可惜妳們的那繡鞋，別沾髒了。」他只顧上頭和人說話，不防底下果踩滑了，咕咚一跤跌倒。眾人都拍手哈哈的笑起來。賈母笑罵道：「小蹄子們，還不攙起來，只站著笑！」說話時，劉姥姥已爬了起來，自己也笑了，說道：「才說嘴，就打了嘴。」賈母問她：「可扭了腰了不曾？叫丫頭們捶一捶。」劉姥姥道：「哪裡說的我這麼嬌嫩了。哪一天不跌兩下子，都要捶起來，還了得呢！」

紫鵑早打起湘簾，賈母等進來坐下。林黛玉親自用小茶盤捧了一蓋碗茶來，奉與賈母。王夫人道：「我們不吃茶，姑娘不用倒了。」林黛玉聽說，便命丫頭把自己窗下常坐的一張椅子挪到下首，請王夫人坐了。劉姥姥因見窗下案上設著筆硯，又見書架上磊著滿滿的書，劉姥姥道：「這必定是哪位哥兒的書房了。」賈母笑指黛玉道：「這是我這外孫女兒的屋子。」劉姥姥留神打量了黛玉一番，方笑道：「這哪像個小姐的繡房，竟比那上等的書房還好。」賈母因問：「寶玉怎麼不見？」眾丫頭們答說：「在池子裡船上呢。」賈母道：「誰又預備下船了？」李紈忙回說：「才開樓拿几，我恐怕老太太高興，就預備下了。」賈母聽了，方欲說話時，有人回說：「姨太太來了。」賈母等剛站起來，只見薛姨媽早進來了。一面歸坐，笑道：「今兒老太太高興，這早晚就來了。」賈母笑道：「我才說來遲了的要罰他，不想姨太太就來遲了。」

說笑一會，賈母起身笑道：「這屋裡窄，再往別處逛去。」劉姥姥念佛道：「人人都說大家子住大房。昨兒見了老太太正房，配上大箱、大櫃、大桌子、大床，果然威武。那櫃子比我們那一間房子還大、還高。怪道後院子裡有個梯子，我想並不上房曬東西，預備個梯子做什麼？後來我想起來，定是爲開頂櫃收放東西，離了那梯子怎麼得上去呢。如今又見了這小屋子，更比大的越發齊整了。滿屋裡的東西都只好看，都不知叫什麼。我越看越捨不得離了這裡。」鳳姐道：「還有好的呢，我都帶妳去瞧瞧。」

說著，一逕離了瀟湘館。遠遠望見池中一群人在那裡撐船。賈母道：「他們既預備下船，咱們就坐。」一面說著，便向紫菱洲、蓼溆一帶走來。未至池前，只見幾個婆子手裡都捧著一色捏絲戧金五彩大盒子走來。鳳姐忙問王夫人：「早飯在哪裡擺？」王夫人道：「問老太太在哪裡，就在那裡罷了。」賈母聽說，便回頭說：「妳三妹妹那裡就好。妳就帶了人擺去，我們從這裡坐了船去。」

鳳姐聽說，便回身同了探春、李紈、鴛鴦、琥珀帶著端飯的人等，抄著近路到了秋爽齋，就在曉翠堂上調開桌案。鴛鴦笑道：「天天咱們說外頭老爺們吃酒吃飯都有一個湊趣兒的，拿他取笑兒。咱們今兒也得了一個女清客了。」李紈是個厚道人，聽了不解。鳳姐兒卻知說的是劉姥姥了，也笑說道：「咱們今兒就拿她取個笑兒。」二人便如此這般的商議。李紈笑勸道：「妳們一點好事也不做，又不是個小孩兒，還這麼淘氣。仔細老太太說！」鴛鴦笑道：「很不與妳相干，有我呢。」

正說著，只見賈母等來了，各自隨便坐下。先著丫鬟端過兩盤茶來，大家吃畢。鳳姐手裡拿著西洋布手巾，裹著一把烏木三鑲銀箸，敁敠人位，按席擺下。賈母因說：「把那一張小楠木桌子抬過來，讓劉親家近我這邊坐著。」眾人聽說，忙抬了過來。鳳姐一面遞眼色與鴛鴦，鴛鴦便拉了劉姥姥出去，悄悄的囑咐了劉姥姥一席話，又說：「這是我們家的規矩，若錯了，我們就笑話呢。」調停已畢，然後歸坐。薛姨媽是吃過飯來的，不吃，只坐在一邊吃茶。賈母帶著寶玉、湘雲、黛玉、寶釵一桌，王夫人帶著迎春姐妹三個人一桌，劉姥姥傍著賈母一桌。

賈母素日吃飯，皆有小丫鬟在旁邊，拿著漱盂、麈尾、巾帕之物。如今鴛鴦是不當這差的了，今日鴛鴦偏接過麈尾來拂著。丫鬟們知道她要撮弄劉姥姥，便躲開讓她。鴛鴦一面侍立，一面悄向劉姥姥說道：「別忘了。」劉姥姥道：「姑娘放心。」那劉姥姥入了坐，拿起箸來，沉甸甸的不伏手。原是鳳姐和鴛鴦商議定了，單拿一雙老年四楞象牙鑲金的筷子與劉姥姥。劉姥姥見了，說道：「這叉爬子比俺那裡的鐵掀還沉，哪裡拿的動它！」說得眾人都笑起來。

只見一個媳婦端了一個盒子站在當地，一個丫鬟上來揭去盒蓋，裡面盛著兩碗菜。李紈端了一碗放在賈母桌上。鳳姐兒偏揀了一碗鴿子蛋放在劉姥姥桌上。賈母這邊說聲「請」，劉姥姥便站起身來，高聲說道：「老劉！老劉！食量大如牛，吃個老母豬不抬頭。」說完，卻鼓著腮幫子，兩眼直視，一聲不語。眾人先是發怔，後來一聽，上上下下都哈哈地大笑起來。湘雲撐不住，一口飯都噴了出來；黛玉笑岔了氣，伏著桌子噯喲。寶玉早滾到賈母懷裡，賈母笑的摟著寶玉叫「心肝」。王夫人笑得用手指著鳳姐兒，只說不出話來。薛姨媽也撐不住，口裡的茶噴了探春一裙子。探春手裡的飯碗都合在迎春身上。惜春離了座位，拉著她奶母叫「揉一揉腸子」。地下的無一個不彎腰屈背，也有躲出去蹲著笑去的，也有忍著笑上來替她姐妹換衣裳的。獨有鳳姐、鴛鴦二人撐著，還只管讓劉姥姥。

劉姥姥拿起箸來，只覺不聽使，又說道：「這裡的雞兒也俊，下的這蛋也小巧，怪俊的。我且得一個。」眾人方住了笑，聽見這話，又笑起來。賈母笑的眼淚出來，琥珀在後捶著。賈母笑道：「這定是鳳丫頭促狹鬼兒鬧的。快別信她的話了。」那劉姥姥正誇雞蛋小巧，要拿一個，鳳姐兒笑道：「一兩銀子一個呢，妳快嘗嘗罷，冷了就不好吃了。」劉姥姥便伸箸子要夾，哪裡夾得起來？滿碗裡鬧了一陣，好容易撮起一個來，才伸著脖子要吃，偏又滑下來，滾在地下，忙放下箸子要親自去撿，早有地下的人撿了出去了。劉姥姥嘆道：「一兩銀子，也沒聽見響聲兒就沒了。」眾人已沒心吃飯，都看著她笑。賈母又說：「誰這會子又把那個筷子拿了出來？又不請客擺大筵席。都是鳳丫頭支使的，還不換了呢。」地下的人原不曾預備這牙箸，本是鳳姐和鴛鴦拿了來的，聽如此說，忙收了過去，也照樣換上一雙烏木鑲銀的。劉姥姥道：「去了金的，又是銀的，到底不及俺們那個伏手。」鳳姐兒道：「菜裡若有毒，這銀子下去了就試得出來。」劉姥姥道：「這個菜裡若有毒，俺們那菜都成了砒霜了。哪怕毒死了，也要吃盡了。」賈母見她如此有趣，吃得又香甜，把自己的菜也都端過來與她吃。又命一個老嬤嬤來，將各樣的菜給板兒夾在碗上。

一時吃畢，賈母等都往探春臥室中去說閒話。這裡收拾過殘桌，又放了一桌。劉姥姥看著李紈與鳳姐兒對坐著吃飯，嘆道：「別的罷了，我只愛你們家這行事。怪道說『禮出大家』。」鳳姐兒忙笑道：「妳可別多心，才剛不過大家取笑兒。」一言未了，鴛鴦也進來笑道：「姥姥別惱，我給妳老人家賠個不是。」劉姥姥笑道：「姑娘說哪裡話，咱們哄著老太太開個心兒，可有什麼惱的！妳先囑咐我，我就明白了，不過大家取個笑兒。我要心裡惱，也就不說了。」鴛鴦便罵人：「為什麼不倒茶給姥姥吃？」劉姥姥忙道：「剛才那個嫂子倒了茶來，我吃過了。姑娘也該用飯了。」鳳姐兒便拉鴛鴦：「妳坐下和我們吃了罷，省的回來又鬧。」鴛鴦便坐下了。婆子們添上碗箸來，三人吃畢。

只見一個婆子走來，請問賈母說：「姑娘們都到了藕香榭，請示下：就演罷，還是再等一回子？」賈母忙笑道：「可是倒忘了她們，就叫她們演罷。」那個婆子答應去了，不一時，只聽得簫管悠揚，笙笛並發。正值風清氣爽之時，那樂聲穿林度水而來，自然使人神怡心曠。寶玉先禁不住，拿起壺來斟了一杯，一口飲盡，復又斟上。才要飲，只見王夫人也要飲，命人換暖酒，寶玉連忙將自己的杯捧了過來，送到王夫人口邊，王夫人便就他手內吃了兩口。一時暖酒來了，寶玉仍歸舊坐。王夫人提了暖壺下席來，眾人都出了席，薛姨媽也站起來，賈母忙命李鳳二人接過壺來：「讓妳姑媽坐了，大家才便。」王夫人見如此說，方將壺遞與鳳姐兒，自己歸坐。賈母笑道：「大家吃上兩杯，今日著實有趣。」說著，斝杯讓薛姨媽，又向湘雲、寶釵道：「妳姐妹兩個也吃一杯。妳林妹妹不大會吃，也別饒她。」說著，自己也乾了。湘雲、寶釵、黛玉也都吃了。

當下劉姥姥聽見這般音樂，又且有了酒，越發喜的手舞足蹈起來。寶玉因下席過來，向黛玉笑道：「妳瞧劉姥姥的樣子。」黛玉笑道：「當日聖樂一奏，百獸率舞，如今才一牛耳。」眾姐妹都笑了。須臾樂止，薛姨媽笑道：「大家的酒也都有了，且出去散散再坐罷。」賈母也正要散散，於是大家出席，都隨著賈母遊玩。

蒲松齡〈勞山道士〉

邑有王生，行七，故家子。少慕道，聞勞山多仙人，負笈往遊。登一頂，有觀宇，甚幽。一道士坐蒲團上，素髮垂領，而神觀爽邁。叩而與語，理甚玄妙。請師之。道士曰：「恐嬌惰不能作苦。」答言：「能之。」其門人甚眾，薄暮畢集。王俱與稽首，遂留觀中。

凌晨，道士呼王去，授以斧，使隨眾採樵。王謹受教。過月餘，手足重繭，不堪其苦，陰有歸志。

一夕歸，見二人與師共酌。日已暮，尚無燈燭，師乃剪紙如鏡，黏壁間。俄頃，月明輝室，光鑑毫芒。諸門人環聽奔走。一客曰：「良宵勝樂，不可不同。」乃於案上取壺酒，分賚諸徒，且囑盡醉。王自思：「七、八人，壺酒何能遍給？」遂各覓盎盂，競飲先釂，惟恐樽盡，而往復挹注，竟不少減。心奇之。俄，一客曰：「蒙賜月明之照，乃爾寂飲。何不呼嫦娥來？」乃以箸擲月中。見一美人，自光中出，初不盈尺，至地，遂與人等，纖腰秀項，翩翩作霓裳舞。已而歌曰：「仙仙乎！而還乎？而幽我於廣寒乎？」其聲清越，烈如簫管。歌畢，盤旋而起，躍登几上。驚顧之間，已復爲箸。三人大笑。又一客曰：「今宵最樂，然不勝酒力矣。其餞我於月宮可乎？」三人移席，漸入月中。眾視三人坐月中飲，鬚眉畢見，如影之在鏡中。移時，月漸暗，門人然燭來，則道士獨坐，而客杳矣。几上肴核尚存，壁上月，紙圓如鏡而已。道士問眾：「飲足乎？」曰：「足矣。」「足，宜早寢，勿誤樵蘇。」眾諾而退。王竊忻慕，歸念遂息。

又一月，苦不可忍，而道士並不傳教一術。心不能待，辭曰：「弟子數百里受業仙師，縱不能得長生術，或小有傳習，亦可慰求教之心。今閱兩、三月，不過早樵而暮歸。弟子在家，未諳此苦。」道士笑曰：「我固謂不能作苦，今果然。明早當遣汝行。」王曰：「弟子操作多日，師略授小技，此來爲不負也。」道士問：「何術之求？」王曰：「每見師行處，牆壁所不能隔，但得此法足矣。」道士笑而允之。乃傳以訣，令自咒，畢，呼曰：「入之！」王面牆，不敢入。又曰：「試入之！」王果從容入，及牆而阻。道士曰：「俛首驟入，勿逡巡！」王果去牆數步，奔而入。及牆，虛若無物，回視，果在牆外矣。大喜，入謝。道士曰：「歸宜潔持，否則不驗。」遂助資斧遣之歸。

抵家，自詡遇仙，堅壁所不能阻。妻不信。王傚其作爲，去牆數尺，奔而入，頭觸硬壁，驀然而踣。妻扶視之，額上墳起，如巨卵焉。妻揶揄之。王慚忿，罵老道士之無良而已。

異史氏曰：「聞此事，未有不大笑者，而不知世之爲王生者，正復不少。今有傖父，喜疢毒而畏藥石，遂有吮癰舐痔者，進宣威逞暴之術，以迎其旨，紿之曰：『執此術也以往，可以橫行而無礙。』初試，未嘗不小效，遂謂天下之大，舉可以如是行矣，勢不至觸硬壁而顛蹶，不止也。」

古文與當代書籍連結對照表

古文	當代書籍
張李德和〈畫菊自序〉	吳爾芙《自己的房間》／江鵝《俗女養成記》／電視劇「俗女養成記」
歸有光〈項脊軒志〉	畢恆達《空間就是權力》／《安妮日記》
李斯〈諫逐客書〉	紀錄片「暴君養成指引」／希特勒／北韓金氏王朝
司馬遷〈鴻門宴〉	冰山理論——維琴尼亞．薩提爾（Virginia Satir）《薩提爾的家族治療模式》
羅貫中〈草船借箭〉	海登．懷特〈作為文學虛構的歷史文本〉／張京媛主編《新歷史主義與文學批評》
陶淵明〈桃花源記〉	漢娜．鄂蘭《艾希曼耶路撒冷大審紀實——平凡的邪惡》
蘇軾〈赤壁賦〉	倪匡《不死藥》《神仙》／馬斯克「腦機對接」（「Neuralink」）
韓愈〈師說〉	米奇．艾爾邦《最後十四堂星期二的課》
〈大同與小康〉	尼爾．史帝文森《潰雪》／李丞桓《元宇宙：全面即懂metaverse的第一本書》
李後主〈一斛珠〉、〈浪淘沙〉	〈時尚歷史課：從病態美學到女權象徵，史上最具爭議的時尚單品「馬甲」〉
曹雪芹〈劉姥姥進大觀園〉	T.Harv Eker《有錢人想的和你不一樣》／羅伯特．T．清琦《富爸爸窮爸爸》／佛蘭克．赫爾《塔木德——猶太人的致富聖經》
蒲松齡〈勞山道士〉	《哈利波特：神奇的魔法石》／《哈利波特：消失的密室》／〈出神入化 魔術奇人大衛考柏菲〉／韓劇「Moving異能」

Note

國家圖書館出版品預行編目資料

你也可以這樣讀——跳脫標準答案，跨領域的文言文素養養成／洪英雪著. ——初版. ——臺北市：五南圖書出版股份有限公司, 2024.07
面；　公分
ISBN 978-626-366-892-8（平裝）

1.國文科　2.古文　3.讀本

836　　112021485

ZX2M

你也可以這樣讀
跳脫標準答案，跨領域的文言文素養養成

作　　者— 洪英雪
發 行 人— 楊榮川
總 經 理— 楊士清
總 編 輯— 楊秀麗
副總編輯— 黃惠娟
責任編輯— 魯曉玟
封面設計— 韓衣非
插　　畫— 陳柏宇
出 版 者— 五南圖書出版股份有限公司
地　　址：106台北市大安區和平東路二段339號4樓
電　　話：(02)2705-5066　　傳　　真：(02)2706-6100
網　　址：https://www.wunan.com.tw
電子郵件：wunan@wunan.com.tw
劃撥帳號：01068953
戶　　名：五南圖書出版股份有限公司

法律顧問　林勝安律師

出版日期　2024年7月初版一刷
定　　價　新臺幣350元